KB265908

순간이여
영원한 찰나여

남송 박형호
제3 시·수필·서화집

청어

순간이여 영원한 찰나여

박형호 지음

발행처　도서출판 청어
발행인　이영철
영업　이동호
홍보　천성래
기획　육재섭
편집　이설빈
디자인　이수빈 | 구유림
인쇄　정우인쇄

등록　1999년 5월 3일
　　　(제321-3210000251001999000063호)

1판 1쇄 발행　2026년 1월 15일

주소　서울특별시 서초구 남부순환로 364길 8-15 동일빌딩 2층
대표전화　02-586-0477
팩시밀리　0303-0942-0478
홈페이지　www.chungeobook.com
E-mail　ppi20@hanmail.net

ISBN　979-11-6855-421-4(03810)

순간이여
영원한 찰나여

남송 박형호
제3 시·수필·서화집

여든 살의 격려

간복균

(前 강남대 국문과 교수 · 문학평론가 · 수필가)

한해가 저물어가는 만추의 계절에 만산홍엽의 찬란함보다 더욱 반가운 만송 박형호 형의 작품 발간 소식을 들어 주체할 수 없는 기쁨과 환희에 졸필을 들었다.

만송 박형과 동문으로 문우로 젊어서부터 사귄 정이 남다르고 깊어서 서로 작품을 주고받은 지가 엊그제 같은데 아니! 벌써! 여든 살이 넘었다. 어쩌다 여든!!

나도 다른 친구들도 건강만 챙기기에도 힘겨운데 여든이 넘어 작품집을 내다니 고맙고도 부럽다. 그리고 박형의 시며 수필이며 서화며 심금을 털어놓고 쓴 진솔한 연설문들이 회상되고 흘러간 노래처럼 떠오르고 되새겨진다.

만송 형은 문재를 타고난 사람이다. 시면 시 수필이면 수필 칼럼이면 칼럼 모두가 주옥같은 작품들이다.

우선 그의 시에는 인간의 심연에 흐르는 핏빛 같은 진한 내면의 세계와 영혼을 노래한다. 목숨을 쏟아놓고 인간의 삶과 정신적인 혼을 구가한다. 인간 삶의 의식에 대한 관찰과 탐구가 시의 한 구절 한 구절을 처절하리만치 노래하고 구가한다. 영혼과 삶의 천착을 심도 있는 생명으로 노래한다.

만송의 수필에서는 생활인의 철학이 투영되어 있다. 인간은 무엇이며 어떻게 살아야 하며 어떤 일상 속에 살아야 하는 지를 창조와 섭리를 추구하고 인간관, 우주관, 가치관을 천착하며 인간의 구도의 길을 성자처럼 성찰하고 있다.

또한 만송 형은 다른 문인이나 문우들보다도 내가 정말 존경하고 사랑하는 바는 나라를 사랑하는 열정에서 기인한 박식하고 학구적인 국가관, 민족관이다.

'조국에 바치는 노래' 작품 하나만으로 답이 된다.

식민지를 겪은 민족 오천 년 역사에 주변 강대국의 간섭과 탄압을 수없이 받은 민족인데 우리는 국가관이 아쉽다. 앞날을 짊어지고 나라를 지키고 영위해 나갈 젊은이들에게 왜곡되거나 소홀한 역사교육은 국가와 민족 장래가 우려스러운 게 현실이다. 지금의 현실도 우리는 강대국들의 파워게임에 국토와 민족이 양분되고 고착화되어 가는 게 현실이다. 현재를 영위하기도 힘들다.

만송 형의 작품 '황소', '워낭소리'나 '천년문화의 꽃' 등의 작품을 읽다보면 민족적이고 한국적인 정서가 물씬 풍긴다.

"소의 해다. 신선한 하얀 황소. 올해는 순백의 설원같이 맑고 깨끗한 상서로움으로 가득한 한 해가 되었으면 하는 바람이다."

한 해를 상서로운 기도로 시작하는 작가의 한구석 염원에서 민족의 정서는 대변된다. 그리고 '꽃같이 별같이'에서는 태어난 지역과 환경이 한국적이다. 자라온 과정과 사연들은 우리들 모두의 좌표이며 희망이다. 만송 형의 '꽃같이 별같이'를 농민문학 겨울호에서 보고 그가 말한 "인격은 학문과 고뇌로 연마되고 정제되면서 비로소 고양되어지고. 고매한 인격은 유혹을 이겨내는 척도가 된다."라는 구절을 감동으로 읽고 전화를 들어 격려하며 칭송해 마지않은 바 있다.

나는 만송 형의 작품을 읽으며 '육당 최남선' 선구자가 생각난다.

그는 조국 강산을 사랑하며 쓴《백두산 근참기》에서는 민족의 정기와 정신, 한민족의 뿌리와 영혼을 민족의 긍지와 애국심(조선심)을 피력했고《금강예찬》에서는 조국의 아름다움과 국토를 찬양하고 금수강산의 조국을 피력했다.《심춘순례》에서는 지리산을 구심점으로 한민족의 관습, 풍습, 민속, 정서적인 민족론을 일깨워 식민지하에서 국가와 민족을 지키려 했다.

만송 형도 그랬을 것이다.

앞으로도 건강 지키시며 혼불처럼 타오르는 이런 글 '조국에 바치는 노래' 많이 쓰시기를 기원합니다.

머리말

시나 수필이나
문학작품은 상상과 이미지의 조화다.
상상은 영감에서 나오고 영감은 영혼을 불러일으킨다.
허나 시의 적절한 영감은 쉽게 떠오르지 않고
조화도 얻어내기 어렵다.

붓을 들고 컴퓨터를 두드려도
작은 영감 하나 불러내지 못하고…….

디지털 신문《문화앤피플》과《농민문학》에
투고하여 온 것을 한데 모았다.
붓을 들고 글을 쓰고 그림을 그리는 것이
나를 깨우는 유일한 가치고 즐거움이다.

한 해를 보내며 늦게서야 붓을 들고 붓을 놓는다.

저자 남송 박 형 호

차례

노란 새

새야
노란 새야
생김새도 예쁜 것이
목소리는 어찌 그리 고와
절절히
간절한 대목만 읊는 네가 좋아
오늘도 비워서 가득한 풀숲을 찾는다.

창꽃

빨간 망울들이
줄기줄기 터지네
골짜기에 흰 눈이 쌓여도
민둥산
불꽃 타오르듯
온 산하가 창꽃 천지네
오! 너는
자유와 평화를 부르짖는
이 땅의 혼불이여
가난한 백성의 피맺힌 절규여
이 봄도 찬연한 넋으로
되살아나 창조의 깃발로 나부끼네

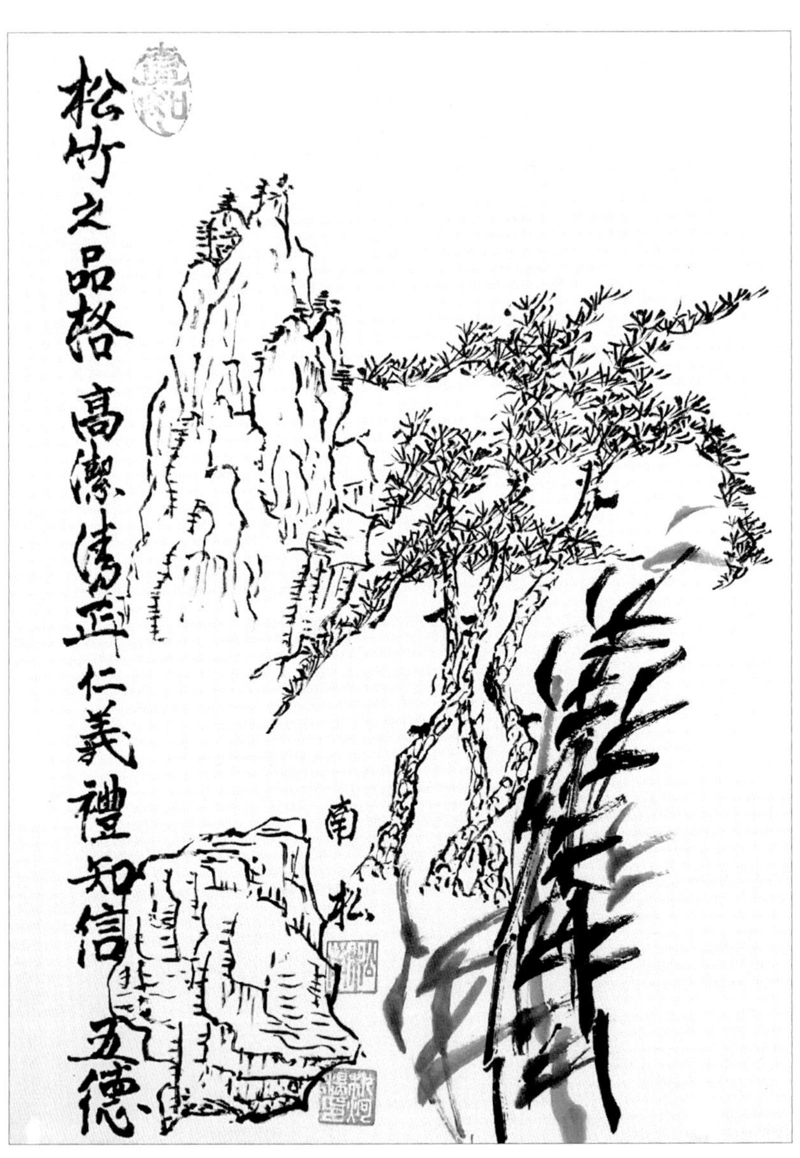

송죽지 품격

또 다른 내가 되는 일

한련이 가는 줄기 내어 잎을 틔우고 꽃을 피웁니다. 작고 여리지만 그 아름답고 순수한 정열은 그 어느 꽃에 뒤지지 않습니다. 구슬이 뒹구는 옥잎을 달고 도토롬한 눈알 끝에 황홀한 꽃망울을 틔웠습니다. 오늘은 그리고 내일은 어쩌면 더 고운 잎을 틔우고 아름답고 향기로운꽃을 피울까 순결한 꿈에 잠겨 있습니다. 오늘보다 더 나은 내가 되기 위한 꿈과 사랑은 꽃만 아니라 우리 모두의 과제로 자연 진화적인 발로인지 모릅니다.

인간은 갈 길이 분명하고 또렷해도 망설이고 방황합니다. 대문호인 괴테는 "지향이 있는 한 방황한다." 했습니다. 허나 그 지향이 몸과 마음을 다한 것이고 진실과 사랑을 안고 있다면 조심스럽게 정진할수록 새로운 관점이 열리고 마음의 평화를 얻는 보람을 얻을 것입니다. "정신은 인간의 삶과 동떨어진 초월적인 것이 아니라 인간 마음 상태가 모아져 이루어진 것"이기 때문입니다.

우리는 공동체의 일원입니다. 공동체의 식구들은 한 몸같이 얽히고 설켜 서로 주고받으며 살아갑니다. 눈을 크게 뜨고 큰 거울을 들여다 보면 친소가 따로 없습니다. 어느 곳이 상처로 아프면 우리는 고통 받는 식구에게 걱정과 근심을 하지 않을 수 없습니다. 이런 것이 인정입니다. 우리는 중생이 아프니 나도 아프다는 자비의 마음을 아니 가질 수 없고 세계의 아픔을 내 아픔으로 보듬어 안지 않을 수 없습니다.

우리 일상을 성공으로 이끄는 것은 끊임없는 성찰이고 새로운 다짐이고 제대로 하겠다는 관건에서 변화와 성장이 이루어집니다. 베토벤은 음악가에게 가장 중요한 청각을 잃고도 불후의 명작들을 남겼습니다. 고난은 극복의 대상에 그치지 않고 성취의 원동력이 되었습니다. 그에겐 참고 이기는 인내가 있었고 고뇌를 생명현상으로 비워내고 열정으로 쏟아내어 살아남을 수 있었습니다. 그것이 진화로 발전하고 환희로 승화된 것입니다.

운명적 제약을 헤쳐 나올 방법이 보이지 않아도 마음을 위축하기보다는 여유를 갖고 그것에서 오는 속박을 벗어나야 새로운 전기를 얻을 수 있습니다. 뒤처지는 것 같지만 그것이 앞서가는 길이 되고 남다른 처지, 계기를 만드는 것이 됩니다. 늘 새로운 생각은 목적지 없이, 시간의 제약 없이 무심코 걸었을 때 떠오를 수 있습니다. 자기가 좋아하는 일에 일상을 갖고 정진한다면 손 닿을 어딘가에서 완전한 순간이 우리를 찾아올 것입니다.

배움을 갖는다는 것은 사물을 더 깊이 이해하고 천착하는 것입니다. 우리는 배움을 통해 견문을 쌓고 있는 그대로의 삶을 받아들일 줄 알게 됩니다. 학덕은 쌓을수록 새로운 지식을 만들고 인물을 만듭니다. 신은 공평해서 모든 사람에게 똑같은 시간을 주고, 모범적으로 일을 꾸준히 하는 사람에게 행운을 줍니다. 내가 솔직한 모습을 보이고 진실한 삶을 추구하면 모두는 믿고 따르며 생활은 점차 개선되고 마음은 차츰 안정이 되어갈 것입니다.

마음은 채워질 그릇이 아니라 불붙여야 할 불꽃입니다. 어려운 일이 있을 때 가슴을 태우듯 힘겨울 때는 모닥불 피워야 합니다. 온갖 중지를 모으고 힘을 합해야 하는 것입니다. 마음이 모이면 서로가 서로에게 도움이 되고 불꽃이 됩니다. 신기한 변화가 일고 성취가 이루어집니다. 생각과 진화는 제각기 놓인 곳은 달라도 가는 방향은 같습니다. 인생은 나의 본질을 찾아가는 여정이기 때문입니다.

헤세는 한 사람 한 사람의 삶은 자기 자신에게로 이르는 길이라 하였습니다. 순수하게 내 속에서 솟아 나오는 것은 보잘것없지만 지혜를 찾아가는 길이 됩니다. 함께 길을 가면 누구라도 그 가운데 스승이 있고 속마음을 있는 대로 나눠보는 것은 마음과 마음을 연결하는 끈이 되고, 공유하여 같이 일어서는 발판이 됩니다. 진짜 살맛 나는 쉽지 않은 인연이 되어 세상을 아름답고 재미있게 만들어 줄 것입니다.

자기성찰과 희망을 찾는 구도에 영감이 있습니다. 누구나 나름으로 목표를 향해 나가는 소중한 존재입니다. 자기 스스로 가슴에 품은 자기구현의 구도와 자존은 버려서는 안 되는 것입니다. '인간의 존엄을 모르는 자는 자유를 향한 목마름을 알지 못한다.' 했습니다. 자기 존엄을 잃은 자는 생활환경에 쉽게 길들어 그대로 전락하고 마는 것입니다. 자기구현의 자존심의 발로는 새로운 기회를 가져다주고 새로운 세계를 안겨다 줄 것입니다.

삶이 주는 기회, "내가 또 다른 내가 되는 일은 내가 나를 한계 짓는 구속에서 벗어나 다양한 꿈의 실현을 위해 포기하지 않고 정진"하는 데 있습니다. 내가 더 나은 나를 선택하는 데 따라 운명의 길은 바뀝니다. 인간관계는 만들어 가는 것입니다. 레미제라블에서 장발장은 빵 한 조각을 훔치다 죄인이 되었습니다. 한 사제의 자비로 선악에 눈을 뜨게 되고 개심 후 순화, 성화되어 공장 주인이 되고 시장이 되고 자선가가 되었습니다.

늦었다고 해서 할 수 있는 일이 아주 없는 것은 아닙니다. 뒤늦게라도 한 가지 또 한 가지 눈물을 머금어 나갈 때, 보람된 삶의 꽃은 더 아름답고 향기롭게 피어나는 것입니다. 누구나 자기만의 산골짜기에 머물러 고립을 자초해서는 안 됩니다. 가슴을 터놓고 산을 넘고 바다를 건너야 멀리 볼 수 있습니다. 자신을 위한 전기는 관계를 개선하는 새로운 전기가 되고 자유자재로 능력을 발휘하는 또 다른 세계가 열리는 전기가 될 것입니다.

신의 한수는 스스로 도운 자를 도와주는 것입니다. "젊은이여 꿈을 가져라."하고 요구만 할 게 아니라 꿈과 사랑을 경험할 수 있게 더 커다란 활력과 넉넉함을 보여주어야 하는 것입니다. 그 모든 비극과 상실에도 우리 인생은 긍정되는 순간 기쁨과 희망과 평화가 돋아나는 것입니다. 이렇게 마음에 새로운 씨앗이 뿌려질 때 더 나은 내가 되고 소망도 허무한 꿈도 지속 가능한 힘을 얻을 것입니다.

국화

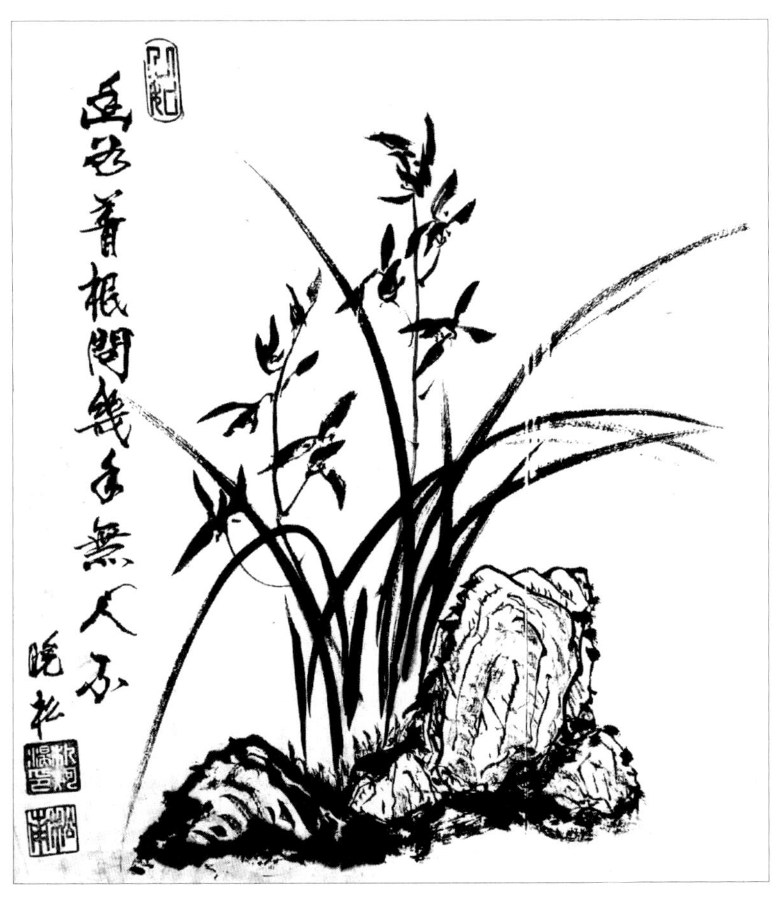

난

난초

보드란 가는 잎새
한껏 다듬어 올리고
오롯이 꽃대궁을 세우네

곱기도 한 것이
향내는 그리 풍길까

순결한 그 모습
하두 고와

일만 시름이 가신듯 풀리네.

내 탓이다

한 가지 잘못이
열 가지로 잘못되고
열 가지 잘못이
백 가지로 후회되네

고칠 수 없는 잘못
후회한들 무엇하리

내 탓이다
내 잘못이 너무 컸다

미안한 생각
한마디 하지 못해서

아득히 멀어지고 말았구나

국화

자연을 우러르며

줄기차게 뻗어 내린 산하 얼어붙은 계곡이 새봄을 맞아 돌돌 돌 생기로 풀려나고 녹색 바다 푸른 물결 출렁인다. 한 점 티 없이 맑고 푸른 숲의 바다, 움츠렸던 가지마다 새록새록 물이 차오르고 새싹이 돋아난다. 우리 조상들은 이 은혜로운 풍광 아래 꽃과 나무와 정취가 어우러진 꿈의 동산에서 풍류를 즐기며 늘 모습도 갸륵한 백의(白衣)를 즐겨 입고 충(忠)과 효(孝)를 본받으며 고유한 전통문화예술(傳統文化藝術)을 이어왔다.

생활향상에 대한 염원은 신기술의 발명과 응용이라는 산업혁명의 호수로 흘러들었고 그 호수로부터 물질문명은 획기적인 변화를 일으키며 근대화로 흘러내렸다. 문화적 가치 향상과 그 완성에 그쳐야 했으나 끝 모를 탐욕으로 범람하기 시작했고 급기야는 자연 파괴, 기후 온난화를 불러오고 생태계가 수용할 수 있는 한계를 넘어 인간 스스로를 곤경에 처하게 하고 우리 사는 기반 자연마저 삼키려 든다.

루소는 자연(自然)을 '이성(理性)보다 앞서는 이상(理想)'으로 삼고 "자연으로 돌아가라"고 부르짖었다. 그는 산업화와 도시화가 이루어지면서 인간과 사회는 자연으로부터 멀어지고 이기적인 대립 갈등이 고조되었으며 문명이 자연적인 인간생활의 불평등을 초래하고 사회악을 산출했다고 지적하고, 예술에서 자유롭게 표현하는 창조정신을 고양하면서 자연으로 돌아갈 것을 제창한 것이다.

그보다 천년을 앞서 노자는 '인위(人爲)가 아닌 무위(無爲)를 강조한다. 자연의 질서에 순응하는 삶이 가장 바람직한 삶이요, 삶은 "물 흐르듯이 흘러가야 한다"고 주장한 것이다. "만물은 뿌리에서 생성하여 꽃을 피우고 다시 뿌리로 돌아간다"하고 꽃과 향기는 그 뿌리의 영혼(靈魂)이며 뿌리로의 회귀(回歸)하는 것을 자연 순리라 하였다. 사회 진보는 사회 혼란을 가져올 뿐이고 인간의 탐욕을 부추겨 전쟁의 원인이 되어 파멸을 초래한다고 앞을 내다보았던 것이다.

물은 생존의 요소요 만물의 근원이다. 플라톤은 네 가지 원소(흙, 공기, 물, 불)로 우주의 몸이 구성되어 있으며 네 가지가 조합하여 만물이 만들어진다고 하였다. 물은 산소와 수소로 그 자체가 인간 정신의 심장과 같다. 그 효시 하는 것도 가장 신선하고 청정하다. 수평을 이루고 스스로를 정화하며 흐르고 뭇 생명들의 피가 되고 젖줄이 된다. 인간의 삶도 이같이 물처럼 흘러야 하는 것이다.

"내일 지구의 종말이 온다 해도 나는 오늘 한 그루의 사과나무를 심겠다"고 한 스피노자는 신(神)과 자연(自然)을 '동등시(同等視)'하는 심오하고 순수한 진리(眞理)의 세계를 구축해 나가기를 꿈꾸어 왔다. 일찍이 노자가 '삶은 물 흐르듯 흘러가야 한다'고 한 것이나 루소가 '자연으로 돌아가라' 한 것은 '물질문명의 탐욕 추구

가 아니라 자연 본래의 숭얼하고 순수한 정신적 가치 삶의 본성
으로 돌아가게 일깨운 것이다.

기후 변화를 보라. 온갖 재해(災害)가 지구 곳곳에서 일어나고
있다. 이것은 인간이 스스로 불러오는 재앙이다. 움켜쥔 것, 거머
쥐고 놓지 못하면 더 많은 것을 잃어버린다. 산업구조와 의식구
조의 변화를 기하지 않으면 재앙을 불러올 수밖에 없는 것이다.
기후 재난은 자신의 생존문제로 인식하여야 할 때가 되었다. 녹
색 에너지의 전환, 소비자가 자발적으로 참여하는 의식 전환, 비
용 부담을 감내하는 선택 없이는 지구 환경은 개선되기 어려운
것이요, 다음 세대 미래는 기약할 수 없는 것이다.

하늘의 섭리가 이루어지고 자연의 순기능이 발휘되는 것은 이
성(理性)의 본성 때문이다. 스스로 얽매인 굴레에서 벗어날 때 비
로소 세상이 바로 보이는 것이다. 성철스님은 잠에서 깨어나 보
니 "청산은 예전같이 흰 구름 속에 있다" 하시고, "산은 산이요
물은 물이로다" 하고 우주만물의 본성을 일깨우신 것이 아닌가?
법정도 "비본질적인 것은 버리라" 하며 '무소유'를 몸소 실천하고
살았다. 천혜의 자연을 심고 가꾸며 보전하고, 물질문명을 넘어
자연 문명이 들꽃처럼 만발하여야 한다.

우리에겐 숲과 계곡이 있는 정원(庭園)이 필요하다. 정신세계
를 반영하는 식물이나 정원이 세상을 바꿀 수 있다. 새로운 정서
를 함양하고 화합하며 심미적(審美的) 공간을 이룰 수 있기 때문이
다. 자연을 우러르며 새로운 가치이념으로 삶의 터전을 가꿔나가

야 한다. 풍경(風景)은 하루아침에 이루어지지 않는 것이다. 하늘의 섭리일까. 풀, 나무는 탄소를 흡수, 정화한다. 맑은 공기를 내어 우리를 건강히 숨 쉬게 하고 삶의 안식을 제공한다. 자연의 품성, 순수한 마음이 참여와 소통의 정신을 빚어내고 내면을 성찰하는 문화가 된다.

고산(孤山) 윤선도의 오우가(五友歌)같이 퇴계(退溪) 선생의 자연 예찬의 삶같이 자연을 보살피고 미래를 구상하는 신문화의 지평을 열어가야 하는 것이다. 맑고 고상한 인격은 자연에서 싹트고 사색(思索)의 식견은 여기서 길러진다. 북극 빙하가 녹아내리는 것만이 아니라 우리 사는 마당이 해수(海水)면 상승으로 토대가 무너지고 곳곳마다 화마(火魔)가 휩쓸어 가고 있다. 기후 변화를 이해하고 깨달아 새로운 문화를 창달하여 나가지 않으면 안 된다. 자연은 창조요, 조화요, 생명이요, 은혜요, 예술이다. 자연으로 돌아가자.

노를 저어라

노를 저어라

노는 저은 만큼 나가고
나간 만큼 위치에 내가 있다 우리가 있다

노를 놓고 나가지 않으면

제자리에 머물지 않고
저만큼 뒤로 물러나 버린다

물살은
출렁거려도

한 결로 나아가라
세상 바로 보는 눈동자 하나 갖고

노를 저어라
피안의 언덕에 이르기까지

노는 저은 만큼 나아가고
나간 만큼 위치에 내가 있고 세계가 있다.

할미꽃

울고
싶어도
울지 못하고
웃고
싶어도
웃지 못해서
고개를 떨구었소
모진
세월에
할 말마저 잊었오
세상
민낯으로
어찌사오
할미는
부끄럼 이기다 못해
고개를 수그리고 지난 일을 되돌아보고 있소

매화

매향

　뼛속에 스며드는 추위를 겪지 않고서야 어찌 매화 향기를 얻으랴. 작고 여리지만 세상 시련과 고통을 이기고 꾸준히 마음으로 살아가는 사람은 매향 같은 고아한 삶의 길을 가고 있는 사람이다. 들풀들이 비바람 눈보라 속에서 자라나듯 시련과 고통 없이는 인간의 완성은 없다. 생명은 참되고 올바른 만큼 아름답고 아름다운 만큼 향기로운 것이다.

　이제는 세상이 보이는가? 불의의 덫에 걸려 몸과 마음을 욕되게 하는 것이 가장 추한 것이요, 자신을 돌아보고 마음을 가다듬는 것이 스스로를 일으키며 제 가치를 찾는 것이다. 거추장스럽고 욕된 것은 벗어 던져버려야 견성이 된다. 작아도 요긴히 쓰이는 것이 양심의 씨앗이고 이것이 넝쿨로 뻗어나서 아름다운 꽃을 피우고 향기를 뿜으며 열매를 맺을 수 있는 것이다. 스스로를 욕되게 하는 것은 거짓이요, 사회를 망치는 것이 가식이다. 이것은 사실상 지적 결함이 아니라 인간적 결함이다. 그래서 우매함은 선의적으로서 사악함보다 훨씬 위험하다 한 것이다. 이것은 하늘의 이치고 삶의 교훈이다. 잘못은 익숙함에 속아 초심을 잃고 겸허함을 잃어버리는 데서 비롯된 것이다. 이것은 자기 무지와 무모의 소치로 자기포기라는 것을 알아야 한다.

　미국의 독립전쟁 당시 조지 워싱턴은 해밀턴에게 충고한다.

"누가 죽고, 누가 살고, 누가 우리 이야기를 전할 지 자네가 정할 수 없네. 역사가 지켜보고 있다는 것을 명심하도록 하게"라고. 대소사를 풀어갈 아량과 능력이 있는 사람은 다양한 상황을 유연하게 대처하며 중지를 모은다. 한 말을 뒤집고 독단으로 상황을 반전하려는 사람은 항상 오판을 가져올 수 있는 위험요소를 안고 있는 것이다.

진실은 늘 단순하고 본질적이다. 어려운 상대 앞에 더 유연히 멋과 여유를 갖고 접근해 보라. 자기 생각의 덫에 갇혀 완고해져 버리면 아무 쓸모가 없다. 나와 다른 의견에 귀를 기울여 보아야 하는 것도 내 길을 바로 가게 할 수 있는 지름길이 되는 것이다. 세상을 물 흐르듯이 받아들이며 온갖 시련과 고통을 이겨 나가야 살아가는 의미가 있고 사람다운 인간이 완성되어지는 것이다.

별들이 무수히 명멸한다. 군은 국민의 마음 가운데서 신(信)으로 빛나고 멸사봉공(滅私奉公)으로 보답하는 그 자랑스러운 기대를 한껏 발휘할 수 있어야 한다. 정당하지 않은 명령은 따르지 않아도 된다는 규정은 없다. 허나 부당한 명령에는 문제를 제기하고 거부할 수 있는 용기가 있어야 하고, 그것이 의지에 빛나는 장수의 기개요 국민의 자유와 생명을 지키는 보루(堡壘)가 되는 것이다.

충성은 개인에게 하는 것이 아니다. 국가에 봉사하고 국민을 섬기는 것이다. 독일은 나치의 만행을 반성하고 민주적인 헌법 가치에 충실한 제복 입은 시민개념을 정립했다. 제복 입은 시민은 자유로운 인격체, 책임의식을 가진 시민, 전투준비태세가 완

비된 군인이라고 자부한다. 인간의 존엄성이나 인권을 해치는 명령을 받을 경우 불복종할 권리가 있고 양심적 반전권도 인정한다. 지난 아픔을 거울삼아 우리도 먼저 이랬어야 했던 것이다.

유연한 몸가짐과 마음가짐, 투철한 애국 애민정신이 부족하면 원하지 않은 일이 벌어질 수 있다. 별이 달리 반짝이는 것이 아니라 엄격한 자기성찰 끝에 빛나는 것이다. 장수는 죽어도 그 공적과 명예는 영원히 살아 빛나는 것이다. 인간적 결함은 그 판단의 순간과 그리고 마지막이 어땠는가를 보면 알 수 있다. 끝까지 가치 있는 참됨을 지키며 내 부족함을 부끄러워할 때, 진실과 신의는 두텁게 쌓아져 가는 것이다.

견문은 '높게'가 아니라 '넓게' 쌓아야 한다. 그것이 좋은 길을 내는 좋은 방법이다. 윤리적 사유를 촉구하는 모든 기억을 제 편한 대로 하고 비난의 화살을 엉뚱한 데로 돌리는 것은 이기적 인격 장애 말고는 그 무엇으로도 설명할 수 없다. 영화 〈마농의 샘〉처럼 회심의 보복은 또 다른 보복을 불러오고 내 자신의 발등으로 떨어진다. 한풀이식 보복은 사람들에게 카타르시스를 준다. 그는 내 업보, 보복을 생각하면 지옥도 과분하다고 스스로 생을 마감했다.

실수는 누구에게나 있다. 그러나 실수를 인정하고 잘못을 뉘우치는 것이 그 사람 인격의 척도다. 우리의 언어가 참되고 진실하게 발현될 때 모두를 감명케 하고 곤경을 이겨내는 힘이 되는 것이다. 분명한 사실은 행동과 발언 하나하나가 어김없이 역사에 기록되며 기억된다는 것을 알아야 한다. 때늦은 후회 따위 아무 소용도 없는 것이다.

　퇴계 이황 선생의 『자성록』을 다시 펼친다. "모든 일은 진실로 삼가고 조심하여 부끄러움과 후회를 남기지 않도록 하여라. 마음이 안정되고 욕심 없는 상태가 아니라면 반드시 마땅히 해서는 안 될 일을 하게 된 경우가 있다. 모름지기 거듭 경계하고 경계하도록 하여라." 퇴계 선생께서 벼슬 나간 아들 준에게 타이른 서한의 일면이다. 수신제가를 위해 가장 중요한 것은 마음의 평정이다. 평정한 마음을 가져야 사물을 제대로 보며 바람직한 인도가 이루어진다 한 것이다.

　우리는 세계적으로 보기 드물게 성장하고 발전해 온, 작지만 모범적인 국가요, 우수한 국민이다. 피땀으로 성장한 문화의 힘은 정치력, 군사력보다 강한 것이다. 도저히 공존 불가능한 사회로 두 동강 난 것처럼, 극단적인 대립을 자초하고 하루아침에 느닷없는 역사와 문화의 퇴행극을 펼치는, 우스꽝스러운 촌극에서어서 벗어나야 한다. 이래서야 어찌 민생이 안정되며 세계인이 우러르는 문화와 예술 선진의 깃발을 드높이랴.

　복잡할수록 본질로 돌아가라. 고결히 모두가 받드는 정의와 인도(仁道)를 지향하는 법의 정신으로 돌아가야 한다. 그래야 질서가 있고 평화가 있고 안정이 있다. 진실로 새봄 새 아침을 열어가는 것은 끈질기게도 해묵은 대립과 갈등이 아니라, 혹독한 추위와 눈보라를 이겨내고 태동하는 매화처럼, 이 강산 삼천리가 곱고 향기롭고 우리 모두의 생활이 샘솟듯 활기찬 새봄을 맞이했으면 하는 기대에 부풀어 본다.

풀

푸른 풀 성근 잎새
옥구슬 머금었네

순마다 탄소를 마시고
산소를 내뿜는다네

꿈이네 사랑이네
한량없는 이 땅의 베풂이네

한해살이풀이라
짓밟지 마소

풀은 생명의 뿌리려니
시든 자리에 또다시 싹튼다

한해살이풀이라
짓밟지 마라

송한불개용(松寒不改容)

순간이여 영원한 찰나여

모든 것은 일순간에 일어나고 한순간에 사라져 버리기도 합니다. 한순간의 깨어있음이 필요합니다. 사고하고 이해하며 추론하는 것은 인간의 최고 능력입니다. 순간의 완성도를 결정하는 것은 삶을 가치 있고 의미 있게 하는 자세입니다. 그래서 선친께서는 촌음을 아껴 써라 그랬을 것입니다. 알게 모르게 놓치고 간과하여 아쉽게도 천재일우의 좋은 기회를 놓치게 된 것이 한두 번이 아닙니다. 모든 시각은 부분적이고 순간은 짧지만, 늘 주의 깊게 관찰하고 내면의 소리에 귀를 기울이면 영감은 떠오르고 현실에 대한 우리의 이해는 깊어질 것입니다.

지금 이 순간 한 찰나에 내 인생이 있고 달라지는 세계가 있습니다. '때를 놓치지 마라.' 지금 이 순간은 나에게 주어진 절호의 기회고 최선의 가치다. 만남에 대한 기회는 하늘에 있다면 선택하고 관계 유지에 대한 책임은 너에게 있다. 집중과 명상으로 미혹(迷惑)을 걷어내는 것이 선(禪)이라면 비웃음을 사더라도 이견(異見)을 가지고 사물을 보고 당위를 찾는 것이 참된 길을 찾는 길이 되고 자기 생각을 북돋는 길이 될 것입니다. 좋은 생각에 따라 좋은 길은 열리고 진전과 발전도 이루어질 것입니다.

담대한 AI 혁신은 이젠 실행의 시간이 다가왔습니다. 글로벌 칩의 전쟁입니다. 구체적 실천과 글로벌 연대만이 AI 미래를 결정할 것입니다. 그러기 위해서는 기초 과학에 우리의 역량을 총 집결하여 발휘해 나갔으면 합니다. 긴요한 것은 이공계 인재 양성 못지않게 외국에서 우리의 기술과 인력을 빼가지 못하도록 벤처 기업을 육성하고, 충분히 보상과 대우를 하고, 연구자가 실패할 경우에도 국가나 기업이 권익을 보장해주는 제도 확립으로 전문가들이 연구에 몰두할 수 있는 환경을 조성해 주는 것이 우선시되었으면 합니다.

가장 센스 있고 총명하고 우수한 젊은이에게는 그에 알맞은 대우와 연구시설이 필요합니다. 하늘에 펼쳐진 구름같이 꿈과 이상을 마음껏 펼칠 수 있게 집현전(集賢殿) 같은 연구시설을 마련하고 정부 산학 삼위일체(三位一體)로 정진케 해야 합니다. 우수한 두뇌들에게 더 높고 깊고 아름다운 미래, 풍요롭게 수확할 수 있도록 좋은 환경과 기회를 만들어 주는 것입니다. 지금은 산업구조 조정과 규제 혁신의 골든타임입니다. 지금의 기회를 놓치면 우리가 설 자리는 없습니다. 구글의 연산 전용 칩 TPU가 엔비디아의 GPU 독주를 위협하듯 첨단 산업은 하루아침에 판도가 바뀔 수 있습니다.

개혁은 자신을 둘러보고 부족한 것을 찾고 채우는 것입니다. 우리 삶에서 중요한 것은 자연에 대한 근본적 이해를 증진하고 지성과 감성을 끊임없이 연구하며 실력을 발휘해 나가는 데 있습니다. 시간과 노력을 어디에 쓰는지를 보면 그 사람을 알 수 있듯이 어떻게 문명의 자양분을 키우는가에 국가사회의 미래가 달려 있습니다. 더 폭 넓고 진지하고 성실하고 치열하게 문명의 지평을 열어나갔으면 하는 바람입니다. 낡은 틀을 깨고 새 틀을 짜고 혁신의 바다로 나아가길 고대합니다.

누리호가 4차 발사에 성공하였습니다. 고요한 아침의 나라 동방의 작은 나라에 미래를 밝히는 횃불이 올랐습니다. 우리 기술 산업이 녹록지 않은 상황에서도 대국을 물리치고 K-조선이 세계 제일임을 자랑하고 온 세계의 이목을 받고 도약하던 차에 K-산업 K-문화가 KS를 달고 우주에 나래를 편 것입니다. 하면 된다는 신조가 아니 특유의 노력과 인내가 본보기를 보여주고 있습니다. 타고르의 시같이 동방의 등불로 뜨거운 불길이 불멸의 영혼으로 떠오른 것입니다. 절대적이고 보편적인 시점이란 존재하지 않습니다. 도처에서 AI를 효과적으로 적용하며 인프라의 허브로 도약해 나갈 것을 믿습니다.

눈을 뜨고 보면 의미 아닌 것이 없고 마음으로 보면 가치 아닌 것이 없습니다. 우리는 홍익인간의 이념 아래 자유와 평화의 꿈을 꾸고 우수한 문화와 전통을 빛내 왔습니다. 일찍이 아시아 황금기에 빛나던 등불의 하나인 코리아, 그 등불 켜지는 날에 너는 동방의 밝은 불 되리니. 진실의 깊은 속에서 마음이 솟아나고 끊임없는 노력이 완성을 위해 팔을 벌립니다. 지성의 맑은 흐름이 굳어진 습관의 모래벌판에 길을 잃지 않고 무한히 퍼져가는 생각과 행동으로 우리 마음이 인도되는 곳, 자유의 천국으로 내 마음, 조국 코리아여, 깨어나소서.

일순간이나 한 찰나가 소중하지 않은 것이 없습니다. 사람이

늦게까지 숙고하고 인내해야 할 이유가 있다면 어려운 처지를 극
복하고 모든 것을 이해하고 더 사랑하고 헌신하기 위해서 일 것
입니다. 모든 중차대한 사안이 슬기로운 다짐에서 싹트고 오랜
인내에서 얻어진 것입니다. 보람된 순간이 영원한 찰나로 이어질
것입니다. 오늘 이 순간은 어제 그 순간이 아닙니다. 어제의 오늘
이 아니고 오늘의 내일이 아닙니다. 서로 다른 시점들도 소통이
가능하고, 서로 다른 지식과 현실은 대화를 통해 수정되고 수렴
되어 현실에 대한 이해는 상상외로 깊어지는 것입니다.

좋은 일꾼 지도자를 키우고 만나는 것은 행운이고 자랑이고
즐거움입니다. 우리 다 같이 한마음 한뜻으로 슬기로운 내 마음
조국 고요한 아침의 나라 코리아에서 아름다운 꽃을 피워야 합
니다. 모든 순간순간이 즐거운 마음의 미소와 유머러스한 여유로
다가와 우리 삶에 더 큰 활력을 안겨 줄 것을 믿습니다. 들꽃이
꽃을 피우고 향기를 피우는 것은 누구에게 잘 보이기 위해 그러
는 것은 아닙니다. 삶의 의미가 마음에 와닿기에 그러는 것입니
다. 첨단 산업의 경쟁이 달아오르고 있습니다. 한순간이라도 규
제 개선과 산업혁신을 극대화해야 하는 것입니다.

아직도 함께해야 할 참 일꾼들이 자리를 찾지 못하고 방황하
고 있습니다. 참으로 안타까운 일입니다. 자기를 돌아보고 가다
듬는 겸허의 정신만이 성숙한 사회, 진실한 자아를 만드는 자기
길을 찾는 길이 될 것입니다. 기회는 언제나 오는 것은 아닙니다.
한번 놓치면 열 번을 놓치게 됩니다. 시의적절한 때가 반드시 필
요한 것입니다. 그래서 늘 마음을 열고 정신을 가다듬어야 하는

것입니다. 시도는 성취를 이루는 입니다. 그래서 귀중한 기회고 영원한 삶의 찰나가 되는 것입니다.

프랑스의 사상가 파스칼은 『팡세』에서 "인간은 자연 가운데서 가장 약한 하나의 갈대에 불과하다." 하였습니다. "인간의 존엄성은 사고에 있는 것이다. 우리는 사고를 통해 자신을 높여야 한다. 이것이 도덕의 근본이다." 하였습니다. 그리고 "인간은 악에 빠지기 쉬우며 그 악은 세상에 무수히 많으나 선은 하나밖에 없다." 하였습니다. 인간은 생각하는 갈대입니다. 심사숙고의 근본 위에서 생각은 이루어져야 빛나는 것입니다. 더욱 긴밀하고 협력해야 좋은 결과를 얻어낼 수 있습니다.

통절

미처
생각지 못한 것이
쓰린 아픔이다
그러나
생각하고도
실천치 못한 것이
더 견딜수 없는 아픔이다.

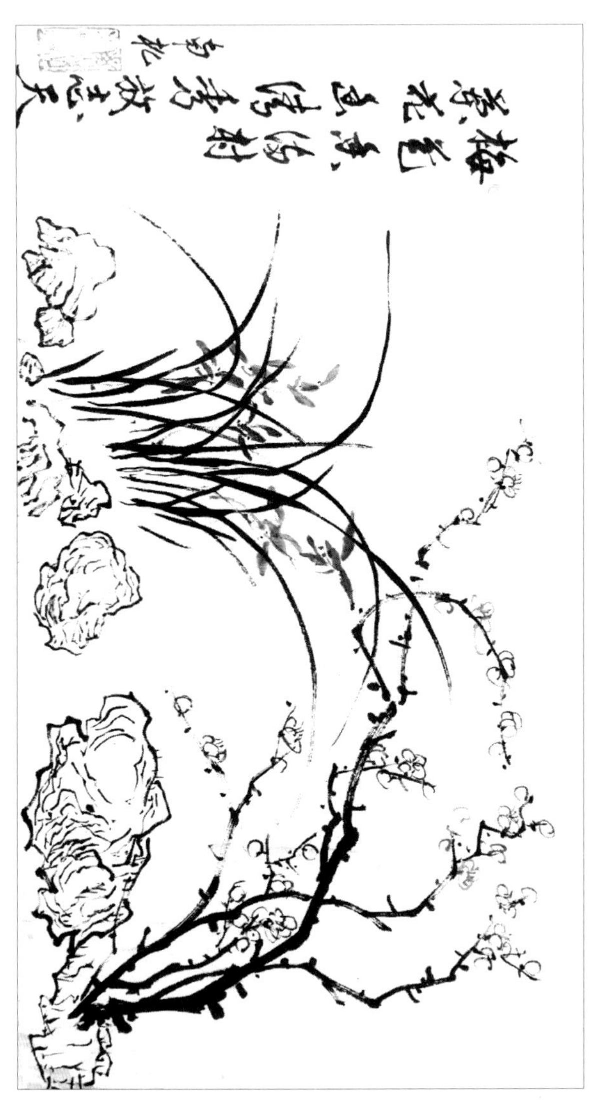

난초와 매화

매화

한 송이 매화꽃을 피우기 위해
목화솜 같은 눈송이는 밤새 내렸나 보다

붉은 매화꽃을 시샘하느라
서풍은 세찬 비바람을 그렇게 뿌렸나 보다

뼈속을 스며드는
추위를 겪지 않고서야
어이 매화 향기를 얻으랴
온누리 새희망을 안기고저

언 가슴은 또 그렇게 부풀어
해맑은 꽃송이를 피워올렸나 보다

작가정신

  매화 한 뿌리 얻어 분재에 심었더니 새봄 밝은 햇살 맞아 새 생명이 움틉니다. 가녀린 묘목이지만 뿌리를 잘 내리고 줄기가 잘 뻗어 가지마다 향긋한 꽃망울을 틔웁니다. 그렇게 좋을 수 없어 그 정경을 담고자 먹을 갈고 붓을 들었습니다만 조묵과 운필이 부족하고 채움과 비움이 자유자재치 않아 성이 차지 않습니다.

  조선 400년 성리학에 뿌리내린 필법과 묵법을 한 화면에 이상적으로 조합하여 진경산수화법(眞景山水畵法)을 창안한 이가 겸재(謙齋) 정선(鄭敾)(1676-1759) 선생입니다. 암산절벽(巖山絶壁)은 필법으로 처리하고 토산수림(土山樹林)은 묵법으로 처리하여 음양조화(陰陽調和)를 이루었습니다.

  그가 인왕산을 보고 그린 〈인왕제색도(仁王齊色圖: 국보, 중앙박물관 소장)〉는 오직 한 가지 색으로 산과 물의 특색의 틀을 바탕으로 직접 보고 손수 그린 것입니다. 채움과 비움이 자유자재하여 해맑은 산하, 천년 푸른 정기가 서리고 작가의 창조적 역량이 특출이 배어난 진경산수화입니다.

  금화 현감으로 있던 친지 사천의 초대를 받고 금강산을 여행하며 내외 금강산진경 21폭을 그려 선물하니 이것이 그리운 금강산의 모습입니다(국립 박물관 소장). 일만 봉오리 꽃봉오리같이 오만가지 형상으로 단장한 이상의 형상들이 청산 그 원류같이 자유와 평화의 정신이 흐르고 순수한 예술혼이 깃들어 보는 이의 마음을 상쾌하고 평안하게 합니다.

정신이 맑고 시야가 넓어서일까요. 우리의 눈은 작지만 선현들의 눈은 크고 기량은 풍부해 큰 산, 푸른 하늘도 한 눈으로 보고 기이한 아름다움을 한 치의 부족함이 없이 그윽한 필지로 담아내었습니다. 시간과 정성이 더해서 아름다움을 빚은 거겠지만 이처럼 정교하고 서정이 넘치는 솜씨는 여태껏 보지 못했습니다.

그를 이어 서예뿐 아니라 그림과 시와 산문에 이르기까지 조선 최고경지의 예술을 빚어낸 문신이며 실학자는 추사(秋史) 김정희(金正喜: 1786-1856) 선생입니다. 제주 귀양살이하면서 중국오체에 버금가는 서예(書藝)의 서체(書體)인 추사체를 완성하고 조선 고유 문화 신사조(新思潮)의 문호를 개창하셨습니다.

위문 온 제자 역관 이상적에게 〈세한도(歲寒圖)〉, 한 그루 소나무와 잣나무 세 그루를 그려줍니다(국립중앙박물관 소장). 그 문인화를 본 중국의 문사들은 감탄하여 삶의 표본으로 삼겠다 칭송하여 마지않았습니다.

권세와 이익만을 따르는 세대를 비판하고 그에 초연한 마음과 인품을 칭찬하는 논어를 인용하여 세한연후지송백지후조야(歲寒然後知松栢之後凋也) 즉, '날씨가 추워진 뒤에야 소나무와 잣나무가 푸르다는 것을 알 수 있다'는 '세한도(歲寒圖)'라는 말도 여기서 나온 것입니다. 곧은 지조와 절개, 변함없는 한결같은 마음을 은유합니다.

서양화는 색이 아름답지만 한국화는 선이 아름답습니다. 마음을 잡는 건 컬러가 아니라 흑백의 유연한 붓놀림입니다. 우리 시선은 색감을 좇다가 본질을 놓치고 착각과 오류에 빠지기 쉽습니다. 어느 하나 불필요한 것 없이 여백과 내면의 미에 시구가 들어가 운치를 더하니 참으로 풍류 속에 풍덩 빠져 버리고 싶습니다.

조선은 영·정조 이후 문화의 르네상스 시대를 이루었습니다. 그림을 잘 그리는 이로 삼제(三齊) 삼원(三園)을 내세우지만 난(蘭)을 잘 치는 것으로 세종, 문종, 안평대군 삼부자가 난죽에 뛰어났고 그 후는 석파 이하응입니다. 난을 칠 때는 마음을 속이지 않은 불기심난(不欺心蘭)에서 시작하라는 추사의 가르침을 받았습니다. 글을 쓰고 그림을 그리는 우리 문인들에게는 두고두고 새겨들어야 할 천금 같은 가르침입니다.

이렇듯 곱게 꽃 피운 우리 문화 예술이 국난을 맞아 하루아침에 사라지게 되니 일제에 송두리째 빼앗기는 문화유산을 사재로 사들여 고스란히 보존하여 온 참으로 거룩한 취미를 가진 선고(先考) 간송(澗松)이 있습니다. 그로 인해 후학들이 전래된 문화를 되찾아 전승 활용하니 이 얼마나 고맙고 훌륭한지 눈물겹습니다.

나는 선대에서 물려받은 화첩 한 권과 〈고산일편(高山一片)〉이라는 난 한 점을 소장하고 있습니다. 화첩은 훼손되지 않았으나, 난화는 잘못 간수하여 종이가 삭고 발하여 희한한 필체가 지워진 곳이 많았지만, 난초만은 변함없이 고고하고 유연한 자태를 뽐냅니다. 낙관도 뚜렷이 웅자 같으나 이 난화가 석파의 작품인지는 추측만 갈 뿐 알 수가 없습니다. 족자를 해놓고 마루에 걸어 놓았

더니, 신선하고 찬 이슬의 맑은 정기가 온 집안 가득 풍겨 나는 것만 같습니다. 혼자 애지중지 마음의 등불로 삼고 있습니다.

우리를 놀라게 하는 새로운 것의 창조는 익숙한 삶의 문법을 깨뜨리는 반역적 행위에서 나옵니다. 니체는 「아침놀」에서 말합니다. "새로운 사상에 길을 열어주면서 존중되는 습관과 미신의 속박을 부수는 것은 광기다." "창조적 작업을 계속하려면 그 압박을 이겨낼 수 있는 비상한 힘이 필요하다." "아아, 하늘에 있는 자들이여, 내가 나를 믿을 수 있도록 광기를 주소서!"라 하였습니다.

작가적 영감은 아름다움을 향한 그리움에서 떠오릅니다. 신의 입김이 혼을 휘감을 때 솟구칩니다. 전례 없는 사물의 변화를 일으키고 새로운 세계를 열어 거대한 불길을 일게 합니다. 이렇게 감동을 주는 영감의 힘은 문창에서 더욱 발휘됩니다. 진선진미한 감명으로 비운 것을 채워 나가는 것은 작가로 사는 필요조건이기도 하고 삶을 기꺼이 헌납하는 충분조건이기도 합니다.

눈과 서리를 겪을수록 더욱 푸르러지는 세한도같이, 아니 저 고산 경사진 비탈길에서도 천리 밖까지 향기를 내뿜는, 찬 이슬 머금고 맑은 향기 내뿜는 난화같이 놀랍도록 아름다운 자가적 영감이 비로소 생생히 빛을 발합니다. 오늘날 우리 한류가 세계를 뒤흔들고 있는 것도 뿌리 깊은 선대의 치열한 창작 정신, 여기에서 비롯된 것이 아닌가 합니다.

눈을 뜨고 보면 의미 아닌 것이 없고 가슴을 열어보면 사랑 아닌 것이 없다. 너는 얼마나 치열하게 불쏘시개를 태우는가, 작가

는 스스로를 불쏘시개로 태우는 사람이다 너는 불쏘시개를 땅에
버려두고 불태울 줄 모르는가. 작가정신을 잊었는가,

는 스스로를 불쏘시개로 태우는 사람이다 너는 불쏘시개를 땅에

손수해야

내 손

내 발로

손수해야 제일 좋고 맛깔나네

뉘라서

입맛대로

해주기를 바라는가

아픔도 알고

고통도 받아들이고

허물도 씻어내야 새로운 것을 찾네

손수해야

사람 사는 것 같은 재미가 솔솔 나는 것이라네

귀를 내라

생각을

말로

풀어내기보다

귀를 내어라

남의 말을

잘 알아듣고

이해하는데 뇌는 바뀐다

남을

무시하고

쉽게 보는 건

자기모순을 가져올 뿐

너만

알다 보면

남의 말을

들을 수도 없고

더 큰 시야를 보고 배우고 성장할 수도 없다.

대나무

얼 어루 상사뒤야

아나 농군 말 들소. 서마리기 논배미가 반달같이 남았네.

얼어루 상사뒤여!

이 농사 지어놓으면 뉘 밥상에 오를거나.

얼어루 상사뒤여!

조국이 일제에 신음할 때 총칼로 꺾을 수 없는 펜을 들고 이광수 선생은 《흙》(1932년 4월)을 연재하며 꺼져가는 조선의 혼과 민족정기를 고취하였고, 심훈 선생은 《상록수》(1935-1936)를 펼쳐 조국 해방과 농촌계몽운동에 불꽃을 지폈다. 『흙의 노예』(1940년 4월)를 쓴 이무영 선생은 일제의 약탈과 높은 소작료로 생활고에 쪼들리는 농민의 고통과 조선의 처참한 현실을 낱낱이 들추어내지 않았던가.

광복 후 농지개혁이 유상매수, 유상분배를 원칙으로 시행되었으나, 국토는 양분되고 유통은 제한된 체 농정은 획기적인 전환 활로를 찾지 못하고 농촌노동은 그 수고로움에 비해 터무니 없이 저 평가되고 농가는 고율의 세금과 저가 매수로 가난에 쪼들리고 빈부의 차만 심화시켰다.

돈키호테는 말한다. 이룰 수 없는 꿈을 꾸고, 맞설 수 없는 적에게 맞서라고. 사는 게 버겁다고 꿈까지 위축되어야 하겠는가. 가난하다고 해서 사랑마저 포기해서야 하겠는가. 손발이 다 닳도록 등뼈가 휘도록 삶의 뿌리를 지키고 생명의 양식을 제공하는 선한 가슴에 꿈과 사랑 그리고 희망을 솟게 해야 하지 않겠는가.

농자천하지대본이란 역사적 가르침이 있다. 섬김과 나눔, 우리 다 같이 잘 살아보자는 공동체 정신이다. 우리 삶의 활력소요, 선진사회를 구현하는 핵심 요소라 아니 할 수 없다. 흙 곧 땅은 농부의 희망이요 기쁨이요 참으로 믿는 종교요 신앙이다. 우리 생활의 토대인 농지가 골고루 나누어 시혜가 된다면 가난도 없고 불화도 없는 천하지대본이 이루어지는 것이 아닌가.

농촌을 바라보는 것만으로도 황홀하고 신비롭고 숭얼스러워 절로 고개가 숙여진다. 영미의 시골 작은 마을이나 프랑스의 예쁜 마을같이 선진국의 품격은 시골에 있다. 농민이 살아야 농촌이 살고 시골이 살아야 도시가 산다. 아버지의 땅 흙에 묻힌 조선의 혼 유서 깊은 전통적 문화 정서가 불가마 속에서 진하게 녹아날 때 우리는 세계의 중심에 꽃으로 피어날 것이다.

농부는 길을 묻지 않는다. 황소처럼 뚜벅뚜벅 밭을 갈 뿐이다. 외롭고 괴로운 일 끝없이 밀려와도 어허 껄껄 탑탑한 막걸리 한 사발에 목을 축이고 고달픈 삶에서 쓸쓸히 피어나는 미소를 삼킨다. 가난하지만 작은 것 하나라도 같이 나누고 궂은일, 위태로움을 보면 먼저 뛰어드는 사랑과 구원의 모습이 밤하늘의 별처럼 삶의 진한 영혼으로 반짝인다.

삶은 무한한 사랑의 신비다. 땀 흘리는 일꾼이라는 이유만으로 차별과 혐오, 천대받는 문화는 사라져야 한다. 박토를 갈고 하늘의 섭리를 심고 가꾸며 나누는 것은 구원의 숨결이요 사랑의 몸짓이다. 땀방울이 꽃을 피우는 아름답고 성스러운 모습이다. 우리가 이루고자 하는 우리의 이념, 열정, 욕망도 이 같을 때 이 땅은 한없이 아름답고 숭고해 지리라.

얼 어루 상사뒤야! 우리 농부 물 푸고 밭 갈고 논 메는 소리 들리는가, 비록 불편과 가난을 등에 지고 살아도 스스로 제 길을 열어가니 무엇이 이보다 행복할 수 있으리오! 분수를 알고 예의를 지키며 네 고장 전통을 빛낼 줄 안다. 겸손히 기대치를 낮추고 넉넉한 품을 나누며 작은 행복에 감사해 마지않는다. 이 얼마나 존경스럽고 사랑스러운 천사들의 생활상인가.

사람아, 자본과 신물질을 세상살이라는 본질적인 삶과 혼동하지 마라. 거듭되는 박대와 흉년에도 인내와 체념 하나로 쓸쓸함을 이겨내는 것은 세상 삶을 일궈내는 것이다. 배곯아 본 사람은 안다. 쌀 한 톨, 보리 한 알에 담겨있는 삶의 무게를! 논을 갈고 밭을 일구는 것은 무슨 기적을 바라서가 아니다. 뿌린 대로 거두는 눈부시게 푸르른 가치에 매혹되는 것이다.

누구나 마음의 눈길로 보면 깨달음이 온다. 내가 남을 무관심과 질시로 보지 않고 경외와 설렘의 눈빛으로 보면 신은 내 눈을 통해 보시고 세상의 이치를 하나 빠트리는 일 없이 주선해 준다. 위대한 잠재력과 가능성은 경외와 설렘의 눈빛을 잃지 않는 데 있다. 다양한 맥락을 가지고 세상을 보는 것은 효용성을 높이고 감각을 키우는데 아주 주요한 과정이라 아니 할 수 없다.

토종 씨앗에서 자란 나무들이 한강의 작품처럼 세계가 인정하는 최상의 열매를 맺어야 하는 것이다. 아무리 연약해도 우리는 작별하지 않고 소년은 돌아온다. 예술적이고 시적인 정곡을 찌르는 문체는 피눈물 끝에 얻어지는 문학적 성취가 아닐 수 없다. 시적 산문의 근본 정서는 슬픔과 아픔이고 눈물이다. 눈물은 진실이고 사랑이고 정의다. 노벨문학상은 그 존엄한 인간성에 감탄하며 찬사와 격려를 보낸 것이다.

K 팝, K 드라마 할 것 없이 한국문학이 그 우수성을 발휘하며 끊이지 않은 숨결로 흐름이 되살아나고 있다. 그래, 우리 본래의 마음결로 돌아가자. 눈물로 이어온 이 땅에 진하고 단단한 사랑의 씨를 심고 가꾸자. 끊어진 다리를 놓고 막힌 물꼬를 트고. 존경받고 사랑받고 인정받는 배달의 민족, 동터오는 아침처럼 곱고 신선하고 아름다운 이 강산 이 겨레를 마음껏 노래하자. 얼 어루 상사뒤야……

연통

이 시대를
살아가면서
허파에는 연통 말고
화통이 하나 더 생겼네
연통은
기쁠 때나 슬플 때나
가벼운 콧노래로 펴져 나가지만
화통은
건드리면
폭발해 버리는
시한폭탄 같은 것이네
무던히
견뎌온 세월
이제 연통 하나면 숨 쉴만하련만
화통
터트려
덕 본 일 없고
피눈물 쏟았으면서도
그놈이 요사이 붙어 다니고 있네
생솔가지 연기나
군더더기뿐이라도
한 골 연통으로 잘 뿜어내고
없는 척 소란 피우지 않고 살았으면 좋겠네

제주 원림 초하

북채 든 소년

　어느 때부터인가 나도 모르게 눈길을 끌고 가슴 한편 신뢰가 싹터오는 소년이 있네. 좋은 인간관계를 만들어주는 것은 뿌리 깊은 고정관념을 깨고 순수한 자기감정을 찾는 것이네. 서로 주고받는 관심과 믿음의 정서는 감각이나 대화 통해, 통찰을 통해 자기형성과 상호작용을 하고 마음을 움직여 가는 것이네.

　어떤 일이나 그 무엇을 어느 시간대에 초점을 맞추느냐가 중요하네. 정서, 행동, 의사결정에 큰 영향을 미치는 것은 마음의 한순간에 달렸네. 지금 이 순간이 나를 살리고 지키는 순간이 되고 미래를 여는 순간이 되네. 큰 줄기의 물길을 바꾸고 한고비를 넘기는 것도 지금 이 순간에 어디다 초점을 두느냐가 중요한 것이네.

　우리가 오늘 보호하고 돌보지 않으면 내일은 더 힘들어지고 어려운 것이 되네. 과거나 미래가 아닌 오늘 이 시점에 초점을 두고 집중하는 것이 소중한 생명의 순간을 일으켜 세우는 것이네. 활짝 귀를 열고 마음을 열고 생각을 일으켜 보세. 우리는 이 봄 귀한 새싹을 틔우고 꽃을 피워 아름다운 결실을 얻어야 하는 것이 아닌가.

　소년은 두메산골 벽촌에서 자랐네. 외로이 상경해 방 하나 구할 힘이 없어 서울 변방 성남 철거민 마을 빈촌으로 이사했고, 형편이 어려워 중학교도 못 가고 직공살이로 일해 왔네. 소가죽 원단을 누르는 프레스기에 왼팔이 눌려 장애가 됐어도 이를 극복하기 위해 온갖 노력을 아끼지 않았네. 하늘은 스스로 돕는 자를 돕는 것이네.

고된 노동과 아픈 멸시를 견디면서 순간을 이겨냈으며 영리하고 부지런한 터라 하나를 배우면 둘을 알았네. 일을 마치고서도 항상 책을 놓지 않았네. 그 결과 어렵지 않게 검정시험에 합격하고 대입 학력고사에서 고득점을 올려 전액 장학금과 매달 20만 원의 생활비를 지원해주는 법대를 다니게 됐던 것이네.

우연히 5·18 민주화 운동의 전말을 알게 되고 광주를 사회적 어머니로 가슴에 안았네. 외롭고 괴로운 고생을 겪어온 사람은 남이 힘들고 아픈 것을 알아차리고 나눌 줄 아네. 어린 시절 고생은 사서도 한다는 말이 여기서 나오지 않았나 싶네. 흙수저와 금수저의 차이는 그것이네. 이것은 백지 한 장 차이 같아도 하늘과 땅 사이의 차이가 되네.

우리가 갖고 있는 다른 생각은 과거 사고(思考)의 결과라는 사실을 우리의 모든 경험(經驗)은 말하여 주네. 진짜 깊은 대화 인간다운 인간성은 뼈아픈 공감, 공조에서 길러지는 것이네. 권세나 물질은 달라도 의로운 생활은 나눌수록 커지고 커질수록 창조의 영역은 한없이 넓고 깊어지는 것이네.

그의 고달픈 행적은 빵 한 조각을 훔치다가 수년을 감옥살이한 레미제라블 같고, 조국을 누란의 위기에서 구해낸 영국의 처칠 같고, 군사 독재에 항거하며 정의와 민주를 쟁취한 민주투사 같네. 조용한 그의 언사 특유의 유머와 친화력이 많은 사람의 마음을 울리고 음지에서 신음하는 백성들을 어루만지며 다 살아낼 것만 같네.

사법시험에 우수하게 합격하고도 가난한 민중이 필요로 하는 인권변호사의 길을 택했네. 철거민과 공단 일자리를 찾아 몰려드는 이들을 위해 성남 후진 뒷골목에 변호사 사무실을 내고, 가난하고 억울한 자의 변호사가 되고, 약자 편에서 고독히 일하다가 모두의 동정과 인정을 받아 시장이 되고, 도지사가 된 것이 아닌가.

소년이 왔다
흙수저 들고
바닥을 치던 소년이

근면과 검소는
생각을 일깨고
삶을 바꾸네

눈도 갈고
밭도 갈고
종자도 갈아
온 백성
큰 머슴으로

실컷 한번 부리며 살아보세.

여린 삶을 땀으로 쏟던 소년은 꾸준한 심지로 스스로 단련하고, 그 기지와 솜씨로 실용적인 개혁을 이뤄내고, 어둡고 힘들기만 한 동토의 긴 터널을 뚫고 높은 벽을 허물어 간다. 참으로 고독 속에서 정신을 얻고 두려움 속에서 지혜를 일궈 새로운 미래를 열고 새 역사를 창조해낼 것만 같다.

근대인의 정신을 철저히 부수고자 했던 니체는 차라투스트라의 입을 빌려 말했다. 깨진 틈이 있어야 그 사이로 빛이 들어온다고. 니체가 말한 깨진 틈은 기득의 자만, 횡포에 대한 의심, 상처, 결핍 등을 상징한다. 벽에 균열이 생길 때 우리는 그 틈으로 새로운 시각을 받아들일 수 있는 것이다.

이 깨진 틈새야말로 새로운 가능성, 변화, 성장의 출발점이 된다. 시궁창을 헤매도 어둠 속에 빛나는 하늘의 별을 보고 새로운 정신을 찾는다. 누구도 알아주지 않지만 까맣게 타버린 굳은살에는 자유와 평화의 종을 울리는 북채가 쥐어져 있다. 이 땅의 모든 어려운 사람들에게 마음의 평화와 기쁨을 안기어 줄 것만 같다.

역사적 교훈은 명백하다. 제 몫만을 챙기고 검증 안 된 정책을 서둘렀다가 혈세만 낭비하고 발뺌만 해댔던 궁색한 운명을 얼마나 아프게 목격했던가. 호재는 언제나 요행으로 한순간에 찾아오지 않는다. 꾸준한 노력과 검토 끝에 초연히 시대를 엿본 자에게 캐묻고 시험하는 것이다. 성찰과 절제와 인내하는 심지가 필요한 것이다.

　기회는 어디서 오는가. 식견이 좋아서인가, 처세술이 좋아서인가. 아니네. 생활의 밑바닥에서 나오는 겸손하고 검소하고 솔직 담백함에서 나오고, 다양한 의견들이 한자리에 모여 소통하며 상생과 공존을 모색하는 지혜의 발휘에서 이루어지는 것이네. 고난을 축적하며 극복해온 것이 경험이 되고 자기 감각을 확신할 수 있는 기회가 되네.

　삶에 대한 진실한 가치척도와 신념이 그대에게는 있는가. 임마누엘 칸트의 묘비로 세워진 도덕경이 그립네. "나에게는 생각할수록 신비한 것이 두 가지가 있다. 하나는 밤하늘에 총총 빛나는 별과 내 안의 도덕법칙이다. 도덕법칙은 인간의 양심에 관하여 옳고 그름, 선과 악을 깨달아 바르게 행하려는 생각을 말하네". 꿈꾸는 자유의 이상 같네.

　권세에 파묻히면 사람이 안 보이네. 글이건 그림이건 한 발 더 나간 삶의 철학이건 고통이 따르지 않은 창조는 없네. 고뇌의 밤을 새워야 창조가 이루어지는 것이네. 풍부한 상상력과 활기찬 감성 그리고 희망과 용기를 갖고 세상을 이롭게 하려는 꿈과 사랑은 사필귀정하는 정신과 부합하여 기적을 만드는 것이네.

　소년은 늦게야 아주 어렵게 이치를 깨우는 북채를 들었네. 민심을 천심으로 알고 통렬한 반성과 투철한 감성과 논리로 질곡을 헤쳐 나가야 한다는 것을 깨우치네. 이 어찌 갸륵치 않으며 기대해 맞이하지 않으리오. 어려운 시대를 의연히 감격의 눈물로 넘쳐나게 보무도 당당한 아량과 포부, 꿈과 사랑이 북채 속에 들어있네.

　그대들은 인간을 극복하기 위해 무엇을 했는가. 가장 낮은 자리에서 가장 어렵게 겸허히 갈구해야 시대의 내비게이션을 얻을 수 있네. 창조의 혼을 발견하는 생각의 뼈대는 여기에서 비롯되는 것이네. 우리는 미약하지만 미래 잠재력을 가지고 오늘을 쌓아왔네. 더욱 도전하고 연마하여 일상을 뒤집는 문화로 세계 중심에 우뚝 서야 할 것이네.

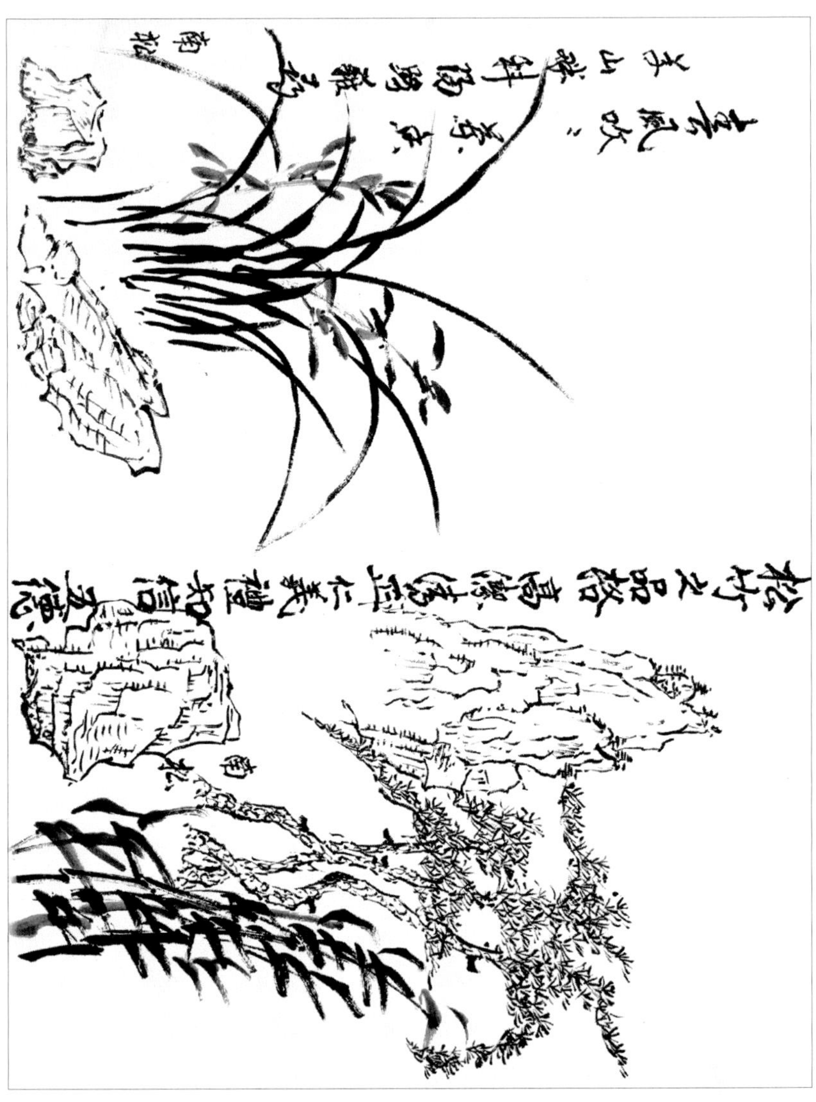

난초

한뫼 안호상 선생 영전에

젊은이여 발을 멈추어

겨레를 사랑하는 마음 가슴에 불을 태우고

오직 자주독립과 구국의 길은

신학문의 진흥과 후진양성에 있다 갈파하고

민족혼에 불을 댕긴 애국선열이 계시니

오! 우리 거룩한 선생의 영전에 삼가 엎드려 찬사와 영광을 드
리자

동포여 형제자매여!

고요한 아침을 일깨우는

의기 찬 목소리가 들리지 않는가

조국 창건과 민족 해방의 길은

실천적 지혜를 심어 주는 데 있다 여기시며

단군성조의 홍익인간의 이념을 교육 이념으로 삼고

민족문화 창달에 몰두한 눈부신 활약상이 보이지 않는가

김구 선생 등 독립지사와 의논하며

상해에서 유학생회를 이끌고 동분서주하신

자주독립 정신의 고취가 비로소 생명의 빛줄기로 뿜어 나지
않았던가

저 보아라
한강 푸른 물줄기가
지금 굽이굽이 경배의 물길로 넘쳐흐르고 있다
한 백성 본바탕 삼아
널리 인간을 이롭게 하고자 하는
그 높고 깊은 산맥 뉘라서 다 헤아리며
일깨우고 이끌어 주신 은공 어찌 다 무엇으로 보답할 수 있으랴
암울한 역사 속에서
혈혈단신 천만리 객창을 떠돌 때
사나운 비바람 얼마나 휘몰아쳤으며
몸과 마음 또 얼마나 고달프고 외로웠으랴
선생의 교육입국 문화 창달에 헌신한 공로로
우리 모두 이렇게 얼굴을 들고
세계 선진과 어깨를 나란히 하고 앞서 나가고 있지 않은가
참으로 선생은
민주적 민족론을 제시한
거룩한 민족의 선각자요 선도자셨습니다
선생의 민족정신은
자주독립의 표상이며
영원불변한 호국의 횃불입니다
선생은 가셨어도 그 업적은
청사에 오롯한 민족정기로 빛나고 있습니다
선생이 일군 민족 사상은

조국 광복의 주춧돌이 되고

실천 교육의 토대 위에

우리는 이렇게 한강의 기적을 이루었습니다

부디 선생이여

생전에 이룬 공덕같이

수천 년 이어온 뿌리 깊은 산맥

백두에서 한라까지

한 핏줄로 끊이지 않은 산하로 엮는

더 빛나고 아름다운 기적 같은 기적 이루게 하소서

겨레여 동포형제여

거룩한 선생의 뜻 받들어

고요한 아침의 나라

새날의 기운찬 봄기운같이

절망의 벽을 뚫고 하나의 꽃송이로 솟아나라

영원무궁토록 자유와 평화 정의가 넘쳐흐르게 하라

이것이 선열에게 보답하는 길이며

자자손손 칠천만 동포가 한결같이 가슴을 펴고 사는 길이다

한뫼 선생이시여

우리 모두 여기 모여

한 얼 우러러 한결같은 마음으로

제향을 올리며 머리 숙여 삼가 명복을 비옵나니

조국의 광영과 하늘의 평안 영세 복락을 길이길이 누리소서.

추강산

변례창신(變例創新)

세월이 흘러갈수록 더욱 빛나는 초당이 있습니다. 만인들이 지나야 할 길의 뿌리가 되어 심금을 울리고 있는 초당이 있습니다. 변례창신이라는 말은 기존의 전례나 감성을 단순히 답습하지 말고 새로운 상황에 맞게 변형하거나 혁신적으로 개선하는 태도를 말합니다.

변례는 기존의 예법이나 관행을 변화시키는 것이고, 창신은 새로운 것을 창조하거나 혁신하여 새것을 만들어내는 것입니다.

다산(1762-1836)은 남인 계열의 사람이었습니다. 남인의 영수 고산 윤선도는 그의 6대 외조부이고 공제 윤두수는 외증조부가 됩니다. 그러니까 운명의 여신은 그를 외성 가까이 불러들여 그곳에서 빛나는 성업을 완수하도록 한 것이 되었습니다.

다산은 문과에 급제하여 벼슬길에 오릅니다. 경기 암행어사 동부승지 예문관 병조참의 등 중앙요직을 두루 겸임하고 정조의 총애를 받았으나 정조 사후 그의 학설이 성리학 체계의 도전으로 인식되어 비난받게 되고 서학에 관심가졌다 하여 유배를 당하게 되었습니다.

다산의 저서 대부분은 유배지 강진에서 쓴 것입니다. 다산의 저술은 무려 500여 편에 이르렀습니다. 그의 행적은 서 남해를 돌아보며 라는 기행문에 개시한 바 있어 여기서는 일표 이서를

중심으로 한 그의 주의 사상을 살펴보려 합니다.

《목민심서(牧民心書)》(1818)에는 목민관들의 기본자세부터 타이릅니다. 목민관들은 통치자의 잘못된 생각을 뜯어고치는 일부터 시작해야 한다고 하였습니다. 상관이 부정·비리 하면 고발하라 합니다. 상관의 명령이 법에 위배되고 민생에 해를 끼친다면 그런 명령에는 따르지 말라고 주장합니다. 통치자나 목민관이 백성을 괴롭히는 경우에도 백성들이 항의 하지 않기 때문에 좋은 정치가 되지 않는다고 국민저항권을 주장하였습니다.

이 무렵 프랑스에서는 루소가 '문명이 자연적인 인간생활의 불평등을 조성하고 사회악을 만든다'고 자연으로 돌아가라고 하고 사회계약론을 주장 하였습니다. 그 결과 프랑스혁명의 불길이 당겨졌고 독일의 칸트(1724-1804)는 모든 인간은 도덕적으로 동등하게 고려되어야 하고 인격을 가진 존재로 존중되어야 한다는 자유민주주의 사상을 주창하였습니다. 그리하여 세계가 큰 파문을 일으키고 있었던 때입니다.

대개 서양 문학은 사상으로 이어지고 사상은 사회 전반에 걸친 진화로 이어지고 성숙한 사회의 기저에 사상과 문학이 바탕되어 왔는데 안타깝게도 우리의 문학과 사상은 그러하지 못하고 오히려 시기와 탄압으로 전도된 것은 가슴 아픈 일이 아닐 수 없으며 조선의 퇴화 몰락으로 이어지는 결과를 초래하지 않았는가 하는 생각을 갖게 합니다.

그의 가치관 사상이 《흠흠신서(欽欽新書)》(1819)에 잘 나타나 있습니다. 법이란 백성들의 희망에 좇아서 만들어져야 하는 것이며 통치자의 자의적인 목적과 이익을 위해 만들어서는 안 된다고 하고, 자의적 법외적 재판과 형벌 부과를 법률에 근거해야 한다는 근대 죄형법정주의(罪刑法定主義) 사상을 피력하고 전제정치의 불합리를 지적하였습니다. 그리고 통치권의 근원을 백성들에게서 구하고 백성들 생활의 필요와 자발적 추대에 의해서만 통치권이 발생한다고 함으로서 루소의 사회계약설을 무색케 한 민주주의 기본원리와 인권 보장적 권리장전을 주장하신 것이 아니었나 싶습니다.

이보다 앞서 피력한 《경세유포》(1817)에는 조선의 현실에 맞추어 중앙의 전제(田制) 관제(官制) 세제(稅制)를 개혁함으로써 국가사회가 발전하고 유지될 수 있다고 정치·경제·사회를 개혁하고 부국강병을 실현할 것을 논리적 실증적으로 서술하고 있습니다. 민생문제 해결의 기본 열쇠는 토지제도의 개혁에 있다고 보고, 농민 몰락을 조장하는 지주제를 폐지하고 농사짓는 사람만이 토지를 소유하고 사유를 인정치 않았습니다. 토지 경작 생산권을 공동으로 하고 수확물을 노동량에 따라 분배해야 한다는 사회주의적 농민이상주의 정책을 피력하였던 것입니다.

유학이 관념·명분 이론에 치우쳤다면 실학은 사회를 민본(民本)적 관점에서 백성의 경제적 안정이 국부의 기초가 된다는 생각으로 현실개혁을 실천하여 백성의 삶을 향상시키고자 상업 활동을 윤리적으로 정당화하는 등 사회개혁을 실천하려 했으며 국권의 확립과 민생구제의 이상을 실현코자 한 것입니다.

그는 천문·지리·물리·의학·공학뿐만 아니라 의학 문학에 이르기까지 미치지 않은 곳이 없습니다. 실생활에 활용하는 농기계 도량형을 개발하고 수원성의 축조에 기중기 활차(滑車) 등을 창안하는 등 발명가적 면모도 보였습니다. 천재일우의 귀한 기회이런만 이런 빼어난 선각자의 주의 사상이 시기·모략 되어 꽃을 피우지 못하고 사장 된 것은 참으로 큰 안타까움이 아닐 수 없습니다.

실학사상을 집대성한 정약용은 시서화(詩書畵)에도 능해 한시를 무려 2,500수를 남겼습니다. 시 한 수를 옮겨봅니다.

조용한 저 운림은
푸르고 깊숙하네
여기서 놀고 쉬며
나의 마음을 즐기노라.

이같이 아름다운 경치를 사랑하고 즐기며 시 짓는 것으로 그의 심정을 달랬으리라 생각합니다. 그는 느낌이 떠오르는 데로 표현해야만 진실을 얻을 수 있다고 토속적인 방언과 일상어도 구사하며 당시의 현실을 사실적으로 시제 속에 담았으며. 여운을 남기는 시가 좋은 시라고 했습니다.

편지로 적은 시와 글과 인간성을 헤아려봅니다(1810년). 부인 홍 씨가 멀리 오래 그리운 임을 사모하다 병들어 시집올 때 입었던 낡은 치마 하피(霞帔)를 귀양지에 보내왔습니다. 이를 받아 들고 설움에 겨운 나머지 사랑하는 마음을 기리기 위해 치마로 서첩을 만들고 두 아들과 딸에게 시와 글과 그림을 적어 보냈습니

76

다.

서첩에 적은 편지글을 봅니다.

"화와 복의 이치는 옛사람도 의심한 지 오래되었다. 충신과 효자가 반드시 화를 면하는 것도 아니고 악하고 방종한 자가 반드시 박복한 것도 아니다. 그래도 선을 행하는 것이 복을 받는 길이므로 군자는 힘써 선을 행할 뿐이다. 진심으로 바라건대 너희들은 항상 마음을 화평하게하여 벼슬길에 있는 사람들과 다르게 생활하지 마라. 자손 대에 이르러 과거에 응할 수도 있고 나라를 경륜하고 세상을 구제할 수도 있는 것이다. 천리는 돌고 도는 것이니 한번 넘어졌다고 다시 일어나지 못하는 것은 아니다.

두 글자 부적을 줄 것이니 너희들은 소홀히 여기지 마라. 하나는 근(勤) 부지런함이요, 다른 하나는 검(儉) 검소함이다. 근검(勤儉) 두 글자는 전답보다 좋은 것이니 평생 쓰고도 남는 것이다(9월 다산의 동암에서 쓰다)."

다산의 변례창신(變例創新) 사숙론이 생각납니다. 낡고 헌 퇴계집을 얻어 거기 실린 퇴계 편지를 한 편씩 아껴 읽고 자신의 단상을 하나하나 적어 나간 것입니다. 퇴계 선생의 편지글이 자성록이 되고, 그 편지를 읽고 다산의 단상을 적은 것이 사숙론이 되고, 다산의 편지가 하피첩이 되어 후대의 귀한 문헌이 되었습니다.

다산의 가르침을 작은 화로에 불을 지펴 차를 다렸습니다. 진한 향내가 배어나도록 정성으로 다렸습니다. 투박한 잔에 조금 따랐습니다. 마음 편히 즐겁게 드시고 미소를 남기시기 바랍니다.

마음 하나 고치면

한 가지 잘못이
열 가지로 잘못되네
마음 하나
고치면 되는 것을
쓰리고 아파도
아프다 말 못 하는 것이 더 큰 아픔이네

추강산

어디까지 왔는가

삼각산 물을 잡아 떠남과 머묾이 한자리인 소를 만듭니다. 화계사로 내리는 물은 물도 맑고 고와 오가는 이의 사랑을 받습니다. 예로부터 치산치수(治山治水)를 으뜸으로 여겨서인지 물은 가다듬을수록 생명의 모체가 됩니다. 세계일화(世界一花)를 꿈꾸신 숭산(崇山) 대사의 유지같이 이곳에서 템플스테이를 하는 세계 미인들을 자주 봅니다. 다소곳이 인사하는 그들에게 짧은 대화로 "굿 모닝" 하면 어찌나 밝게 미소를 보내는지 황홀경입니다.

서울근교에 이 같은 정경의 숲과 계곡이 있다니, 실로 큰 은혜로 자리하고 있습니다. 산정에서 내리쏟듯 흐르는 물은 더불어에서 잠시 쉬면서 진경을 이루어 오가는 이의 마음을 적시고 서정을 베풀어 줄 것입니다. 둘레길도 그만인데 예에 새로운 명소가 생기는 것 같습니다. 우리네 사는 데는 숲과 계곡이 제일입니다. 숲속에는 맑은 공기, 맑은 물이 자유와 평화를 노래하고 있습니다.

푸른 하늘에 흰 구름이 떠갑니다. 내 두 눈, 내 두 발로 보고 걸으며 잠시 잠깐 생각을 떠올리는 것이 얼마나 고맙고 감사한지 모릅니다. 참으로 일찍 일어나 산행하는 것은 날개가 돋아나는 신의 축복입니다. 까치발을 단 듯 마음이 가뿐, 걸음이 사뿐해지고 세상을 난 듯 넓은 시야를 바라보는 눈이 생기는 것만 같습니다. 벌, 나비가 꽃을 피우며 날고 하늘다람쥐가 나는 청산에 오르시지 않으시렵니까.

삶의 모든 근원은 내게 있고 나의 내면에서 나옵니다. 따뜻한 마음은 인간의 정표이자 사랑의 징표입니다. 미약한 것들이 연결되면 크고 따뜻한 고리를 만들어줍니다. 홀로 외롭고 쓸쓸한 길목에서 벗어나 이웃과 더불어 살아가는 일에 마음을 쓰며 오늘의 삶을 소중히 가꿔나가는 것은 미처 알지 못하고 깨우치지 못한 것들을 열어가는 계기가 되는 것 같습니다.

산에 올라보면 압니다. 삶에 의미가 있다면 그것은 시련이 주는 의미입니다. 진실한 감정은 시련이 안아다 주는 것입니다. 시련 없이 살아갈 수 없고 시련 없이 성장할 수 없습니다. 사람은 아픔만큼 크며 큰 만큼 아픕니다. 인간의 삶은 좀 더 참고 용서하며 마음을 조금씩 열어 가는 데 있는 것 같습니다. 자유·평화가 세상에서 가장 좋은 친구들입니다.

불행한 사람도 꿈은 잉태할 수 있습니다. 절실하면 눈이 트입니다. '요하네스 케플러'는 끊임없는 불행에 좌절하지 않고 '행성은 타원궤도를 따라 공전한다'는 사실을 밝혀냈습니다. 불행이 곧 파멸로 이르는 것은 아닙니다. 불행으로 점철된 그의 삶은 불행 속에서도 간절함으로 꿈의 씨앗을 가꾸면 영롱한 꽃이 피어남을 말해주고 있습니다.

어려움을 딛고 일어선 집념은 시름과 멸시의 껍질을 벗기며 늘 새로운 가치를 만들어 냈습니다. 춥고 메마른 척박한 땅에서도 나무는 잘 자랐습니다. 자르고 깎아내어도 오히려 튼튼해집니다. 칼바람을 맞으면서도 꿋꿋하게 버텨내는 힘을 발휘했습니다. 우리는 한 시대의 아픔을 딛고 손에 손 잡고 자유와 평화의 기치를 높이 들었고, 아침이슬처럼 빛나는 노래 위에 생명의 촉을 뻗어 올렸습니다.

서구 시민사회는 근면과 성실, 일한대로 돌려받는 평등의 가치 위에 세워졌습니다. 그러나 과도한 자본주의사회는 부자와 가난한 자, 둔재와 영재들의 과도한 대립·갈등으로 축복의 계기를 그르치고 말았습니다. 나의 부지런함, 나의 재능은 모두 내 것이 아닙니다. 내 주위를 널리 이롭게 하라는 더 큰 뜻 아래 있습니다. 차마 꺼내놓지 못한 아우성, 공감하지 못한 이의 아물지 않은 상처의 목소리를 들을 줄 알아야 합니다.

옳지 않으면 부끄러워하고 잘못했으면 반성해야 합니다. 잘못을 내세워 잘한 것을 나무랄 수는 없습니다. 실수를 덮으려 거리낌 없이 남의 탓으로 돌린다고 그것이 고쳐지는 것은 아닙니다. 내 몫의 자유만을 말하는 이기심, 공감 능력을 잃은 일탈적 현상이 세상을 어지럽힌다는 것을 알아야 합니다. "분노는 가장 옳게 느껴지는 순간, 가장 위험하게" 다가오는 것입니다.

윗물이 맑아야 아랫물이 맑습니다. 이 도랑엔 거짓이 해맑음을 몰아내고 흙탕물을 이루고 있습니다. 줄줄이 썩어가는 물에 무엇을 심고 가꿀 수 있겠습니까. 진실이 그립습니다. 절망해 봐야 진실을 알게 됩니다. 진실은 아름답고 향기로운 것입니다. 그래서 진실은 생명이요 사랑입니다. 짜릿하게 흘리는 작은 눈물

한 방울, 이해타산에 흔들리지 않은 양심이 그립습니다. 눈물이 없으면 영혼의 무지개를 볼 수 없습니다.

고통과 진실의 꿈, 목숨과 그리움의 끝에서, 피할 길 없는 무게에 못 이겨 옳음이 그름에 넘어질까 두렵습니다. "지체된 정의는 정의가 아니라 했습니다." 내던져 버리지 않을 바엔 아무리 흔들어 봐야 아무 소용 없으리라는 것을 알면서도, 기우를 떨쳐버리지 못하는 것은 무슨 까닭일까요. 신(信)은 믿음이요, 정의의 힘입니다. 우리는 신의 바탕에서만 존립할 수 있고 불신의 바탕에서는 푯대도 세울 수 없습니다.

서구 문명은 중세를 지나는 동안 종교적 신앙이 덮이면서 그리스의 찬란한 문화를 잃어버렸습니다. 완성된 고전, 아테네 아크로폴리스는 민주주의, 철학, 휴머니즘을 인류문화의 원천을 이루었습니다. 아크로폴리스는 민주정을 완성했으며 로마, 르네상스, 신고전주의의 모델이 되었습니다. 이같이 한 나라가 번영을 이루는 원동력은 그 사회의 신과 올바른 창의성에 있었던 것입니다.

마땅히 있어야 할 자리에 있을 것이 없고 없어야 할 것이 자리를 차고 순수한 물의 흐름을 방해 한다면 그 물은 고여 썩고 말 것입니다. 물은 생명의 원천이라 "최고의 선은 물 같이 흐르는 것입니다." 물을 역류시킬 수는 없습니다. 도량이 두 홉도 안 되는 자들이 되지도 않은 수작을 하고 민낯을 드러내고 있습니다. 반성도 책임도 없이 고스란히 백성들의 한숨과 피해를 자아내고 있습니다.

가세, 가보세그려. 저 어둠의 세계를 넘어, 자유와 정의가 들꽃처럼 만발한 빛의 세계로, 제 정체성을 회의해 보지도 않고 자성마저 잃은 자들이 혼돈과 파괴를 부추기고 있네, 나만이라도 내본분 지키며 작지만 흔들리지 않은 양심 하나 움켜쥐고 바르게 나아가면, 하늘이 해맑게 트인 고요한 아침 신성한 지평이 우리를 반길지니, 역사와 문화 지성을 잃으면 세기의 대열에서 밀려날 수밖에 없네.

어디까지 왔능가. 당아, 당아, 멀었는가. 꽃 한 송이에 세상이 달라지듯이 부디 절망하지 말라고 그립던 봄은 새로운 시작을 알리고 있습니다. 낡아 빠진 서구 이념의 껍데기가 아닌 새로운 생명체로서 보편적 가치로 탄생하는 부활의 창조로, 혹한의 갈등과 대립의 상처를 딛고아픈 자리에서 의연히 사랑의 꽃으로 피어오르고 있습니다. 대지의 속가슴같이 부풀어 오르는 슬기로운 봄의 향기로, 희망과 결실의 한마당으로……

서툰 길

길이 서툴거든
더듬어가라
서툶이 길을 터주리라

길은 발품들여
열고 터득해 가는 것

뜻이 있는 곳에
길이 있다

서툰 길이 새로운 길을 만들어주는
지름길이 되리

써레질

겨우내
얼붙은 땅
써레질하듯
거칠게 메마른
마음속을 써레질 하네
피땀이
못자리 되고
상실의 아픔이
고된 삶을 일궈주네
눈 감고
침묵할 수도 없는 벅참이
흙 냄새 풀 향내 속에 일고 있네.

사 모 곡

엄마는
바느질 걸썬도 잘하고
옛날의 이야기도 잘하는
자상하고 재치 있는 분이 있습니다

아가야
물 따러 가자
너는 물을 쓰고
나는 바느질 하게

가난 서산 쪠매면서
서동요 혼은 노래도 잘하였습니다.
광산 김씨 외동딸로
외팔아버지 모시다가
서론 여덟에 늦동이 보았다고

낳았고
자랑하고 다니면서 부르시던
땅즘 땅즘 솔을 중거 하세 땅즘 꽃이피어
그 노래가 떠오릅니다
그 노래 그 가사는 오래 지마는
지즘도 생생하게 들려 옵니다

이제껏 살아 오면서
엄마 등에 업혀 듣던 그 노래 보다
더말름한 노래는 들어보지 못하였습니다.

사모곡

엄마는
바느질 길쌈도 잘하고
짬짬이
이야기도 잘하는
자상하고 재치있는 분이셨습니다.

아기야
달 따러 가자
너는 글을 쓰고
나는 바느질하게

가나 서나 꿰매면서
서동요 같은 노래도 잘 부르셨습니다.

광산김씨 외동딸로
외할아버지 모시다가
서른여덟에 늦둥이 보았다고 자랑하시며

날 업고 다니시며 부르시던
담금 담금 솔을 숭거
화세 담금 꽃이 되어
그 노래가 떠오릅니다,

그 곡조 그 가사는 오래됐지마는
지금도 생생하게 들려옵니다.
이제껏 살아오면서

엄마 등에 업혀 듣던 그 노래보다
더 달콤한 노래는 들어보지 못했습니다.

인생수업

산하가 새싹의 피어남으로 푸른빛, 맑은 향 천국입니다. 창공의 푸르름을 마시며 홀로이 길을 나섭니다. 무심히 반겨주는 돌, 바위, 나무와 눈을 맞추고 낮게 돌아 흐르는 물을 보며 그 맑고 고요함에 마음이 머무릅니다. 산은 하늘의 정기가 서린 삶의 성지요, 무상과 무아를 일깨워줍니다. 여기에 산새같이 깃들면 홀로라도 외롭지 않고 온갖 시름도 사라져 버립니다.

탈무드에 지식이 겸손을 모르면 무식만 못하고 높음이 낮음을 모르면 존경받기 어렵다 했습니다. 자신의 무식을 아는 것은 지식으로서 첫걸음입니다. 지식은 경험에 바탕을 두고 진솔한 성찰, 겸허한 경청이 있어야 하는 것입니다. 꾸준히 자신을 살피고 상대를 이해함으로써 꾸밈없는 지식이 되고 인격이 되고 인물이 되는 것입니다.

지혜란 무엇인가요. 지혜는 고통을 겪고 상실을 경험하며 깊은 구렁텅이에 빠져 길을 헤맬 때 발견됩니다. 참다운 삶은 지극히 사소한 일을 평소에 얼마나 잘 해내느냐인 것입니다. 얼토당토않게 무지렁이 같은 것들이 갑자기 지혜와 진실을 내세우며 개발이니 공정이니 시혜를 떠벌리는 무리와 대비되며 그렇게 호도되어서는 안 되는 것입니다.

견성(見性)을 자각(自覺)이라고도 합니다. 자기성품을 본다는 것입니다. 불가에서는 수행 제일의 덕목으로 삼고 있으며 자기 자신의 본성을 밝고 바르게 앎으로서 정각을 이루어 부처가 된다고 하는 것입니다. 진리는 마음이 아니라 바닥에 흐르는 것을 살피고 실천하여 나가는 데 있는 것입니다. 뒤늦게야 인생 공부를 하며 묵혀둔 숙제를 풀러 나갑니다.

지리산 화엄사는 명산고찰의 하나입니다. 고로쇠 물 한 병으로 시장기를 달래며 산사를 오릅니다. 산기운이 확 퍼져 나오는 널따란 계곡을 따라 숲속의 절간을 찾아 오릅니다. 내방의 뜻을 전하고 하룻밤을 묵어갈 것을 간청하였으나 노행객이 혼자라고 받아들여지지 않습니다. 각황전과 대웅전을 참배하고 발원하는 것으로 감사하고 절 문을 나서니 해가 저물어 버립니다.

교통이 끊기고 기차편만 남아 '예까지 온 김에 사랑도를 들렀다 가자' 하고 여수를 찾았으나 그곳으로 가는 배편은 아예 없습니다. 다음날 통영에 이르러 가오치 선착장에 이르렀으나 뒤늦어 선편이 끊겼습니다. 겨우 방 한 칸을 빌어 쉬려고 하니 이제는 지갑이 빠져 버리고 없습니다. 부러는 아니지만 계속 곤고한 시련 과제가 연달아 일어나고 있습니다.

불가에서는 "성(成) 소(所) 작(作) 지(智)"하고 "묘(妙) 관(觀) 찰(察) 지(智)"라 하였습니다. 성소작지(成所作智)는 "색(色) 성(聲) 향(香) 미(味) 촉(觸)"의 오식(五識)을 전환하여 지혜를 완성하라는 것이며 "묘(妙) 관(觀) 찰(察) 지(智)"는 안(眼) 이(耳) 비(鼻) 설(舌) 신(身)을 의(意)로 경계를 잘 분별하여 어지러운 생각을 일으키지 않고 자유자재할 수 있는 지혜(智慧)를 얻으라는 것입니다.

내 마음을 써레질합니다. 겨우내 얼어붙은 땅 갈아 봇물을 잡고 흙과 물이 뒤섞여 써레질 될 때 비로소 못자리가 만들어지고 이앙의 발판이 마련되듯이 세파에 굳고 거칠게 메말라 버린 마음속을 써레질하여 상실이, 두려움이 걸림돌이 아니라 진취의 발판이 되도록 몸과 마음과 생각을 가다듬으며 멍청한 자신을 되짚어 봅니다.

삶은 이익을 향유하기보다 사랑을 베풀어 나가는 과정입니다. 과오와 실수도 관용과 화해로 이끌어 나가야 하는 것입니다. "우리는 세상과 인생이 행복을 보존하도록 배열되어 있는 것이 아니라는 사실을 배워야 한다(쇼펜하우어)." 행복지상주의에서 벗어나라 한 것입니다. 순간순간은 우리에게 주어진 소중한 기회며 가치라고 생각하고 헌신할 때 축복의 문은 열리는 것입니다.

버스회사와 연락을 하고 회사를 찾으니 당직자가 지갑 하나를 내놓습니다. 빠트렸던 것입니다. 안을 살피니 내 가졌던 그대롭니다. 주민증, 카드 그리고 지폐 몇 장. 참으로 곤경 속에서 선을 봅니다. 잘못은 어디 있는가, 남을 의심 하는 마음에 있습니다. 우리는 하나의 인연으로 연관되어 있습니다. 이것은 그 무엇과도 바꿀 수 없는 소중한 가치발견이고 되찾음이 아닐 수 없습니다.

뒤러의 〈기도하는 손〉이 생각납니다. 형편이 어려워 번갈아 그림그리기로 하고 "나이슈타인"은 돈을 벌고 뒤러는 그림을 그렸습니다. 뒤러는 유명 화가가 되었으나 나이슈타인은 온갖 일로 손이 굳어 그림을 그릴 수 없게 되었습니다. 뒤러는 미안하고 슬픈 마음에 그의 성공을 위해 두 손을 모아 기도하고 있는 친구의

손을 그린 것입니다.

　밤새 비바람이 몰아쳤습니다. 한 치 앞을 볼 수 없이 안개가 자욱합니다. 사량도는 동서로 가로지르는 산줄기가 지리산 가마봉, 옥녀봉으로 이어집니다. 백두대간의 끝자락이 오랜 세월 비바람에 기암절벽과 암릉으로 아취를 이루고 있는 섬입니다. 이태리의 나폴리나 카프리같이 경관이 아름답고, 시저가 애인을 위해 조성한 사랑 공원처럼 옥녀봉은 사랑의 전설이 숨어 있습니다.

　아쉽게도 짙은 안개로 그 전모는 볼 수 없습니다. 허나 상·하도를 운행하는 버스에 의지하여 중간쯤에 이르니 푸른 바다가 펼쳐지고 산하가 눈에 들어옵니다. 참으로 아름다운 우리 강산입니다. 어찌 한 번의 수업으로 그 전모를 헤아리리오. 내 어렵게 길을 텄으니 다음 날 못다 한 소회를 풀리라. 이만으로도 수업한 보람은 있고 크게 일깨움을 얻었으니 어찌 가슴 뿌듯하지 않으리오.

연꽃

유자향

시제에 가면
노란 유자 향이
꽃처럼 피어난다
아버지는
의관을 정재하고
어린 나를 앞세워
때마다 시제를 모시러 갔다
선산 묘소에는
열일을 제쳐두고 모여든 자손들이
하늘을 우러러
정성으로 차례를 치르며
경배와 감사의 절을 한다
받들어라
명문의 후대들이여
빛부신 소중한 문화 전통을
선영이 아니고 어찌 내가 있는가
적선하고 위선하는 집안에
반드시 경사스러움이 따르나니
노오란 유자 향 속에는

영혼을 숨 쉬게 하신 가르침이 들어있다
마음을 뛰놀게 하는 향기로운 미소가 생생히 솟아나고 있다

후회

칭찬
한마디
못 했구나

숭얼한
가치 하나 심어주지 못했구나
너를
나무란 것은
미워서가 아니야
잘되길 바라는 사랑의 회초리야
어쩌다
아픈 상처가 이리 깊을 꼬
너를
얼러주지 못한 것에
돌이킬 수 없는 후회가 되고 말았구나.

벽산

삶이 의미로운 것은

맑은 하늘에 밝은 햇살이 퍼지고 있습니다. 하늘은 더없이 높고 푸릅니다. 드넓은 들판을 지난 푸른 강물이 북에서 그리고 남에서 밀려와 하나의 바다를 이루고 도도히 서울의 심장부를 적셔오고 있습니다. 도봉과 삼각산은 드높이 솟아올라 한강이 달려오는 것을 반겨 맞이하며 만면에 웃음을 띠고 있습니다.

저는 삼각산 아래 살면서 꽃봉오리를 바라보듯이 고고히 솟아오른 삼각산과 도봉산을 바라보는 것으로 큰 기쁨과 즐거움으로 삼고 여기서 오래 머물며 살고 있습니다. 빼어난 기상의 봉오리는 봄가을 할 것 없이 제일 좋은 정신적 지주가 되고 곤고한 삶의 희망과 용기를 북돋아 주고 있습니다.

가을하늘이 끝없이 맑고 푸릅니다. 오래 붙들어 매어 두고 싶습니다만 나도 모르게 노을이 져가고 있습니다. 잘살고 행복한 것은 좋은 산수를 마시고 좋은 인성을 꽃 피우는 것입니다. 자연과 생명의 일치로 늘 자유자재 호흡하고 사유하며 감성을 길러나가는 것은 인간에게 주어진 최고의 가치요 보람이 아닐 수 없습니다.

저는 젊은 시절 태백산을 아내와 같이 오르던 때를 기억합니다. 상봉을 향하여 낯선 초행길을 서풍 오르듯이 무작정 올랐습니다. 정상은 뜻밖에 평평하였습니다. 비닐포대를 깔고 미끄럼을 타고 내려오면서 비로소 기상천외(奇想天外)의 순백으로 뒤덮인 천국을 보았습니다. 세상에서 처음 보는 태곳적 모습은 한줄기로 뻗어나고 있었습니다.

데이비드 호킨스는 말했습니다. "우리를 인간으로 만드는 것은 영(靈)이며 우리는 영화된 육체"라고. 영적인 진화를 위해 예술을 가까이하며 아름다움에 묻혀 살라고 재언합니다. 예술과 창조성을 감상할 줄 알면 영적 알아차림이 향상됩니다. 의식 수준이 높을수록 작은 나보다 더 큰 나에 지배되며 행복도 그만큼 커지는 것이라고 합니다.

찬란한 역사와 문화가 천년을 이어오듯이 신라고도 경주에서 인류를 일깨우는 에밀레종이 울렸습니다. 만장일치로 결정되는 화백정신이 살아났습니다. 선화 공주의 옥피리가 일파 만파식 선율로 세계에 울려 퍼졌습니다. 힘들고 버거워도 특유의 지혜와 슬기로 빛나는 예술로 승화시켰습니다. 세계일화(世界一花)로 천년을 꽃피울 것입니다.

신의 창조는 중생을 구제하는 것이 신앙의 핵심이라 합니다. 창조적 자아가 서정의 토양 위에서 꽃을 피웁니다. 작곡가 하이든은 자연 속에 안식하는 인간의 모습을 음악에 담았습니다. 인간의 가장 순수하고 사랑스러운 면이 녹아 있습니다. 예술은 인생의 영혼을 의미 있고 보람되게 가꾸어 주고 있습니다.

천연의 숲속에 들면 미로에도 신의 창조를 볼 수 있습니다. 선경은 티끌 하나 없이 신성하고 아름다운데 세상은 먼지로 가득

차 본질을 가리고 있습니다. 자연은 풀, 나무와 물과 흙을 새댁 이부자리 꾸미듯이 지상에 펼쳐 놓고 조화롭게 빛나고 있습니다. 자연을 우러르며 신선같이 선경을 노래하며 살라고 합니다.

자연의 생명들은 얻음과 잃음이 조화와 상생입니다. 가는 작은 물줄기도 화합하여 한줄기로 큰 물줄기를 내고, 조금 더디게 돌아가도 옳고 바른 길은 찾아내며 간극 없이 소통하고 있는 그대로 지극히 아름답게 흘러가고 있습니다. 우리도 그렇게 창조도 그렇게 길을 놓고 마음을 닦아나가는 것이 의미로운 삶이 아닐까 합니다.

'가을엔 편지를 하겠어요
누구라도 그대가 되어 받아주세요
낙엽이 쌓이는 날 외로운 여자가 아름다워요.'

저는 이 노래를 어디서 얻었는지도 모르게 좋아 부릅니다. 음악이 무엇인지 알 수 없어도 아무도 들어주는 이 없고 잘하지 못해도 절로 터진 마음의 소리, 자연의 소리같이 외로움을 달래주고 그리움이 아로새겨집니다.

침묵과 성찰은 '나' 이상의 나를 만들게 합니다. 의미 있는 삶은 사물의 본질이 무엇인지 되짚어 보게 하며 실망에서 구해 줍니다. 진실은 그것을 알아보는 마음씨를 가진 사람의 눈에 보입니다. 부끄러움을 알고 뉘우치는 것이 자기성찰이고 자기혁신입니다. 진실은 가치를 주지만 거짓은 망신을 줍니다. 거짓은 순간이지만 진실은 영원한 것입니다.

윗물이 맑아야 아랫물이 맑습니다. 고인 물은 썩기 마련입니다. 부단히 흐르고 바꾸지 않으면 자기도 모르게 썩습니다. 지도자는 머리만 있는 것이 아니라 가슴이 있고 배는 없어야 합니다. 탐욕으로 배만 채우지 않고 덜어내고 가슴으로 비워내고 긴장의 끈을 놓지 않고 잘못을 뉘우치고 고칠 줄 알아야 지성인이고 이성인입니다.

사실을 비춰주는 CCTV를 보았습니다. 최고의 높은 직에 있는 자들의 어이없는 망동을 보고도 '이것은 아니다' 하고 간하며 만류하는 의인은 단 한 사람도 없었습니다. 아부와 위선으로 발뺌만 하고 일신의 영달만을 꿈꾸는 자들뿐이었습니다. 충직한 사람 몇 명만 있어도 소돔은 멸망하지 않았을 것입니다.

내가 남에게 바라는 것같이 나도 남을 대하여야 합니다. 나와 생각이 다르다 해서 틀렸다고 버릴 수는 없습니다. 틀린 가운데 맞는 것이 있습니다. 부족해도 마음 쓸 줄 아는 사람은 있어도 마음 쓸 줄 모르는 사람보다 훨씬 지혜롭고 슬기로운 일을 할 수 있습니다. 겸허한 마음을 가진 사람이 세상을 다스릴 수 있는 것입니다.

인생은 짧아도 예술은 의미롭습니다. 지금도 손 글씨를 쓰고 손 그림을 그리고 순간을 뜻있게 보내는 것은 기쁨이고 자랑이 아닐 수 없습니다. 말을 나눌 친구가 있고 마음을 나눌 사랑이 있다면 외롭지 않습니다. 삶이 허무하다 해서 그것이 아무 의미 없는 것은 아닙니다. 그대가 구하는 모든 것이 그대 안에 있습니다. 만물은 진심 속에 있습니다.

톨스토이는 인간이 마땅히 하여야 할 의무를 신의 법칙으로 인식하는 것이 종교의 본질이라는 칸트의 말을 인용했습니다. 더 많이 사랑할수록 더 큰 사랑을 받는다고 사랑하라 하였습니다. 그리고 도덕과 윤리가 곧 신이라는 것입니다. 신은 우상이 아니라 인간이 일상에서 받들고 실현해야 할 이상과 가치인지 모릅니다.

'나'는 내가 전부가 아닙니다. 우리 모두 같이 가는 인생이고 같이 사는 식구입니다. 배제와 차별 대신 포용과 공존 위에 공동체는 하나로 나갑니다. 모든 삶에는 신비함이 있어 서로를 돕고 의지하면서 기대어 살아가게 합니다. 나에게 필요한 것이 그에게 있습니다. 내 잘못을 내가 자성하고 반성하는 가운데 내가 새로워지고 성장할 수 있습니다.

백두대간을 타고 흐르는 정기는 한없이 맑고 푸릅니다. 대자연의 품 안에 내 몸과 마음이 뛰놀면 천하가 다 제 것입니다. 그 안에서 사는 모든 인간은 진실됩니다. 명상을 하고 깨달음을 얻는 것은 수도자뿐 아니라 모두가 닦아나가야 할 과제입니다. 신선한 공기 한 모금 달게 마시고 큰 호흡을 해 봅니다.

풀

푸른 풀

성근 잎새

옥구슬 머금었네

순마다

탄소를 먹고 산소를 뿜는다니

꿈이다

사랑이다

한량없는 자연의 베풂이다

풀은 식물이요

생명의 뿌리려니

척박한 땅에 자란 흔한 풀이라 짓밟지 마라

춘영하무

잔디

나는
흙의 옷
땅의
보금자리
비가
오나
바람 부나
단발머리 곱게 빗고
오가는
길손
반가이 맞이한다
내
넋을
밟아다오
뒹굴며 놀아다오
나는
황토 붉은 흙
고이 간직하는
풋풋한 사랑의 보금자리 펼치리라

워낭소리

소의 해다. 신선한 하얀 황소, 올해는 순백의 설원같이 맑고 깨끗한 상서로움으로 가득한 한 해가 되었으면 하는 바람이다.

중국 고사에 의하면 천지개벽 이래 몸은 사람이요 머리는 소인 사람이 태어났다. 나무를 깎아 쟁기를 만들고 밭을 갈아 농사 짓는 법을 가르치고 빛을 받아 오곡이 풍성하게 하여 백성들은 그를 공경하여 신농(神農) 씨라 불렀다. 그는 농업의 신(神)일 뿐 아니라 의약(醫藥)의 신이기도 했다. 약초를 개발하여 병(病)을 치료하고 농사와 의약을 천하에 베풀었다. 사람 같은 소, 소 같은 사람을 신화한 것이 아닌가 싶다. 옛날에 중국과 우리나라에선 임금이 해마다 신농제를 지냈다.

소는 하늘의 천성을 닮았다. 아니 하늘이 인간을 위하여 보내주신 천사인지도 모른다. 논을 갈고 밭을 갈아 삶의 터전을 일궈 준다. 힘겹고 무거운 짐을 도맡아 하면서도 아무런 불평을 하지 않는다. 농부들은 소를 키우며 살기를 바란다. 순진한 소는 헌신(獻身)적인 일꾼이 되어주고 시혜(施惠)의 사랑이 되어주기 때문이다. 어미 찾는 송아지 울음소리를 들어 보아라. 혀가 닳도록 새끼 소를 핥아주는 어미 소의 모성애, 어찌 축생이라 무심할 수 있으리오, 아름답기만 한 천상의 목가적 풍경의 촌락을 더 단아하고 아름답게 가꾸어 준다.

영 넘어 밭을 갈고
꼴망태 등에 지고
자운영 깔린 들을 간다
알싸한 풀 향내 향긋한 꽃 내음
목동아
황소 등에 업혀
풀피리를 불어보렴
워낭소리 끝에는
봄빛 받은 송아지
껑충껑충 천당 가듯 뛰어가고 있다.

여물을 썰어 쇠죽을 쑨다
쇠죽 한가득 구유에 퍼준다
김이 무럭무럭 코가 널름널름
우리 소
고마운 소
어서 먹고 더 먹으라고
목덜미 등허리를 닳도록 쓰다듬는다.

　　소의 목에다 왕 방울은 누가 달아주었을까. 언제나 부지런하고 여유롭고 유유자적한 소가 농부를 일깨워 달라고, 아니면 뭇 생령들이 소의 근면과 성실을 본받으라는 깨우침의 꽃 방울일까,

큰 눈을 깜박깜박 불가사의(不可思議)한 모습은 목동 따라 푸른 들
에서 뛰놀던 시절을 그리는 걸까, 태곳적 신농의 전설을 되새김
질하는 걸까, 아! 우리 소, 고마운 소, 너에게 배울 바가 너무 많
구나. 그 의젓함은 어디서 나오고 또 한량없는 순진함은 어디에
서 나오는가. 워낭소리만 들어도 가슴이 울렁거린다.

그렇다. 생명과 인격은 어디서 무엇으로 태어났느냐가 아니라
어떻게 행동하느냐가 중요한 가치판단의 기준이 될 터이다. 겉옷
을 무엇을 걸쳤는가는 문제가 아니라 속을 무엇으로 채웠는가가
문제다. 별로 내 세울 것도 없이 이해타산에 급급한 삶은 자랑거
리가 될 수 없으리라, 인간이면 인간다운 행동을 해야 인간이 아
니랴. 그윽한 워낭소리 속엔 평화로운 울림이 있다. 사랑스런 농
촌이 있다. 가난하고 부지런한 농부가 있다. 꿈과 사랑이 흐르는
젖줄 같은 인정이 있다.

영국의사 에드워드 제너는 젖소의 젖을 짜다가 우두에 걸린
적이 있는 사람은 천연두에 걸리지 않는다는 사실을 발견하고 종
두법을 개발하였다. 그래서 백신(vaccine)은 암소를 일컫는 라틴어
‘vacca’에서 유래되었다고 한다. 우리들은 소의 젖가슴에서 나는
우유를 먹고 자랐고 초등학교 시절 우리는 유두를 맞고 천연두라
는 무서운 전염병을 이겨냈었다.

인도사람들은 소의 사랑을 넘어 그를 숭배한다. 어버이처럼
존경하고 섬긴다. 그래서 도축(屠畜)은 물론 하지 아니하고 소고기
도 먹지 않는다. 우유, 치즈 등과 채식으로 식탁을 차리며 검소하

게 생활을 해가는 인도인들이 존경스럽지 않을 수 없다.

정신적, 문화적 삶 전반에서 고대 로마와 그리스의 고전 문화를 정신적 지주(精神的支柱)로 삼아 세계관(世界觀)과 가치관(價値觀)을 되살리려 했던 운동을 우리는 르네상스 운동이라 한다. 중세에서 근대로 넘어오며 인간과 사회 그리고 역사나 학문에 대한 변화가 크게 이루어졌다. 우리 인간은 무엇을 생의 본보기로 삼고저 하는지, 올바른 인간의 삶은 무엇인지, 잘 모르지만 우리 찬란하게 꽃피웠던 전통문화(傳統文化), 윤리가 있고 도덕이 있고 이성과 양심 있는 미풍양속(美風良俗)을 되살려 인간과 사회 그리고 역사와 문화에 대한 새로운 기풍이 일었으면 한다.

갑작스럽게 흰 눈이 펑펑 쏟아지던 신정 초 어느 날 꽁꽁 얼어붙은 서울역 앞 광장에서 한 시민이 노숙자에게 자신이 입은 방한점퍼와 장갑을 벗어주고 돈 오만 원짜리 한 장을 선뜻 내어주는 것이 목견되어 화제를 일으키고 있다. 노숙인은 추위를 견디다 못해 커피 한 잔을 사달라는 부탁을 낯모르는 사람에게 한 건데 뜻하지 않은 온정을 받아 어찌할 줄 몰랐다. 폭설을 녹여준 사진 한 장에 감동의 물결이 넘쳐흘렀다.

운명(運命)은 험난한 강과 같다고 한다. 언제 범람(氾濫)할 줄 모르기에. 그리고 인생은 체험을 통해 눈뜨기 시작한다고 한다. 코로나로 힘들고 고달파도 위험을 무릅쓰고 구료(求療)를 위해 헌신하는 백의의 천사 같은 모습이 있고, 헐벗고 굶주린 자를 위해 자기 것을 아낌없이 내어주는 가진 자가 있는 것을 볼 때 아득하나마 우리에게는 희망이 보이는 것이다.

　백지장도 맞붙들어야 가볍다는 좋은 고사가 있다. 서로간 아픔을 나누고 서로 돕고 의지해 나가면 어떠한 어려움도 쉽게 이겨낼 수 있으리라 믿어진다. 나누면 배가(倍加)되고 독점할 때는 반감(半減)된다고 하지 않은가. 백의의 천사 같은 하얀 소의 해, 우리 황소와 같이 다 함께 신성한 멍에를 짊어지고 아름답고 향기로운 삶을 일구며 뚜벅뚜벅 신기원(新紀元)을 열어가는 한 해가 되었으면 한다.

*참고: 황소는 누런 소만을 의미하는 것은 아니다. 검은 소건 흰 소건 덩치가 큰 수소의 경우 모두 황소라 부른다.

춘수만사택